ジョアン・ランペイル
年齢 5歳
立場 ランペイル辺境伯家長女
洗礼式で【無】属性判定に
ショックを受けて意識を失った際に、
前世の記憶を思い出す。
わがままだったが
「家族の役に立ちたい！」と大決心！
実はとんでもないスキル持ちで……!?
JN228483
享年82歳の
異世界転生!?
～ハズレ属性でも気にしない、
スキルだけで無双します～

エイブ
年齢 30歳
立場 ランペイル家料理長
元魔物討伐団所属の
マッチョな料理人。
ジョアンの前世知識を活かした
料理を大絶賛。
サラ
年齢 12歳
立場 ジョアン専属侍女
ジョアン第一主義で
専属侍女になったことを
誇りに思っている。
ジョアンのことが大好き！
アニー
年齢 12歳
立場 ランペイル家料理人
孤児院出身で
ジョアンに慰められて涙するも、
立ち直り後に即食事するぐらいの
食いしん坊。
おっちょこちょいな一面もあり。

ラクシュミー
ill. Laruha
享年82歳の
異世界転生!?
～ハズレ属性でも気にしない、
スキルだけで無双します～

contents

第一章　後期高齢者が幼児に？

わたくしの国では国民全員が、五歳になると洗礼式を受けることが義務付けられている。その時に、神に魔法属性を与えていただくからだ。

特に、貴族にとっての洗礼式は、将来の職業や結婚の優劣に至るまで影響がある。属性は【火】【水】【雷】【風】【土】の五つがあり、これらを持つと騎士や魔術師などの国を守る力を持つ職業や、優秀な文官職。こういった職に就職しやすいからだ。属性は親から子へ遺伝することも多く、本人も就職に有利で、結婚相手として人気なのだ。

そしてわたくしの家は、代々辺境伯として優秀な騎士や、魔法使いを輩出してきた家柄である。お父様も、以前は騎士団の副団長をしていて、お母様も魔術師団の副師団長だったそうだ。二人のお兄様も、幼い頃から魔術師と騎士として将来を期待されている。もちろんわたくしも、当然五属性を与えられるだろうと期待されていたし、していた。

……なのに、わたくしが与えられたのは【無】。

平民でも、五属性が与えられることがある中で、よりによって貴族のわたくしが【無】。

なんでやねん！

と、心の中で叫びながら、わたくしは意識を手放した。そして夢を見た……。

私は、八二歳。立派な、後期高齢者。今は、先週から風邪で寝込み、ずっとベッドの住人と化してる。

息子夫婦が共働きなのもあり、家事全般を私が引き受けている。孤独死が多いとされている時代に、一緒に住んでくれるだけでもありがたいのに、息子夫婦は「家のことをやってくれるから」と、毎月五万円ほどお手当までくれる。それだけでなく、毎年二回のボーナスまで。

そのお手当で孫と一緒にハマっている、一六人ダンス&ボーカルグループのライブに行ったり、お笑い芸人のライブに行ったりしている。たまに、格闘技の試合も観《み》に行く。この年齢で、ライブに行くのは目立つ。それもそのはず、グッズTシャツに、デニム、首にはこれまたグッズのマフラータオル。その格好のおばあちゃんが、孫と同年代の子たちと一緒になり、歓声を上げはしゃいでいる。今では、ライブ会場で仲良くなった子たちとメールしたりする仲に。アーティストの話だけでなく、悩みや愚痴を聞いてあげたりもする。時には、親を驚かせてあげたいから料理を教えてほしいと頼まれ、料理教室までやってあげたりする。

風邪で寝込んでいることを知った子たちからも、お見舞いメールや、アイスクリームなどのお見舞い品が届く。みんな、良い子だねぇ……。

ベッドの中、一六人ダンス&ボーカルグループの、新曲のミュージックビデオを見ている。このまま寝たら、夢で推しメンに会えるかしらね?

八二歳でも、気持ちは乙女《おとめ》だった。

目が覚めた私の視界に入ってきたのは高い天井だった。ボーッとした状態のまま、ゆっくりと体を起こして周りを見る。白を基調とした品の良い家具たち。白い猫足のテーブルに白くて可愛《かわい》いソファ。寝ているベッドはふわふわのフカフカで、天蓋が付いてる。明らかに高そうな造りだ。室内が全部高級で可愛い。スイートルームって、こんな感じかしらね?　……んで、ココはどこよ?

再びぐるりと視線を巡らせると……ベッドの横の、白くて可愛いドレッサーで目が止まった。鏡の中には、腰まで伸びた栗《くり》色の髪の毛、長い睫毛《まつげ》に水色の瞳。外国の映画に出てきそうな、可愛い女の子が映っている。一番下の孫と同じぐらいの年かしら？　その女の子は、驚いているのか目を大きく見開いている。どうしたのかしら？　あっ、私が原因か。

日本人として、礼儀は大切。まず謝ろう。

「ごめんなさいね」

と、言おうと口を開くと、鏡の中の女の子も口を開く。手を振ろうとすると、女の子も真似《まね》をする。試しにバイバイと手を振ってみる。

「あれま……」

驚いて自分の手を見てみる。小さい可愛らしい手……。ベッドから下りて、ドレッサーの鏡の中をジーッと見つめた。そうしていると段々と色々なことを思い出してきた。

わたくしは、【ジョアン・ランペイル】辺境伯家の長女、五歳。

（あぁ、そうだわ。昨日、洗礼式で倒れたんだったわ……）

鏡の中の自分を見つめたまま首を傾《かし》げていると、遠くからバタバタと騒がしい音がしてきた。そして、その音はこの部屋の前で止まり……。

「ジョアン！」

突然、ドアが乱暴に開けられ、紳士淑女らしからぬ慌てた様子の男女が部屋の中に入ってきた。

「目が覚めたか！　大丈夫なのか？」

うっすら額に汗をかいて、私の元に駆け寄ってくる三〇代半ばのダンディな男性は私のお父様。

（くぅー、いつ見てもカッコイイねぇ～）

栗色の髪はちょっと乱れているけれど、ターコイズの綺麗《きれい》な瞳だ。

「なんとか、大丈夫です……」

【スタンリー・ランペイル】
ランペイル辺境伯の当主。
【火】属性
爵位を継ぐ前は、魔物討伐団で副団長を務めていたほどの剣の腕前。魔術師団の副師団長を務めていたお母様とは、王宮で出逢《であ》い一目惚《ぼ》れをし、猛アタックの末に結婚。

「本当に、良かった。心配したのよ?」

そう言って、涙を浮かべながら優しく抱きしめてくれた女性は私のお母様。

「……ごめんなさい。お母様」

(わぁ～、お母様めちゃくちゃ良い匂いするねぇ～)

【マーガレット・ランペイル】
ランペイル辺境伯夫人。
【風】属性
蜂蜜色の髪を後ろで一つに緩く纏《まと》めている。私と同じ水色の瞳を持つお母様は、お父様が一目惚れしただけはある美人さん。

いつ見ても芸能界にいそうな、美男美女の両親だねぇ〜。などと、両親を見つつ考えていると……

「起きても、大丈夫なの？」

と、心配そうな声と
「ジョーでも、倒れることあるんだな」

クスクスとまだ幼さの残る笑いが聞こえた。

私を心配した声は、肩までの蜂蜜色の髪を一つに纏めた、ターコイズの瞳の美少年。

一方、揶揄《からか》った声は、栗色の短髪でターコイズの瞳の、いかにもワンパクそうな少年。

私のお兄様たちだった。

（二人共、二番目の孫ぐらいだわ。そういえば、中学の三者面談どうだったのかしら？　あの子の希望する、サッカーの強豪校に行けるといいのだけれど……。私と同じで、理数系苦手だから心配なのよねぇ）

「ノエルも、ジーンも入っておいで」

お父様は、二人のお兄様に声をかけた。

【ノエル・ランペイル】
ランペイル家の長男。
【火】属性
八歳年上で、成績優秀、容姿端麗、将来有望、フェミニストとくれば、周りの令嬢たちが黙っていないわけで……。でも、本人は恋愛事には全く興味がなく、将来魔術師団に入るべく、本の虫となっている。

【ジーン・ランペイル】

ランペイル家の次男。

【風】属性
六歳年上で、裏表がなく、ニカッと笑顔が爽やかな体育会系男子。誰に対しても態度を変えず、周囲の状況を見て臨機応変に対応できる。その為か、令嬢たちからは良い人止まりで終わる。

「ジョー、本当に大丈夫？　気持ち悪いとかない？」

優しく気遣ってくれるノエル兄様。その点、ジーン兄様は俯《うつむ》いて肩が小刻みに震えてる。あっ、アレは笑ってるな。

「ノエル兄様、ジーン兄様、ご心配おかけしました」

私は前世の経験から【営業スマイル】の技を繰り出した。どうだい？　昔、一五年も量販店で勤めていて編み出した技だよ。結婚後、パート先のスーパーでも評判だったのよぉ。

「「「…………」」」

(ん？　どうしたんだい？　なんで、みんな固まってんだよ。あれま、従僕さんや侍女さんたちまで、固まってるね。えっ？　何か間違えたかい？)

「……まだ、具合が悪いらしい。もう少し休ませてあげよう」

お父様はそう言うと苦笑しながら、みんなを連れて部屋を出ていった。

みんなが出ていき、ドアが閉まると、ふーっと溜息《ためいき》をついて、ベッドの上に転がった。ゴロゴロ、ゴロゴロ……五歳の身体《からだ》は、よく動ける。手を見ると、やはり小さな可愛らしい手。

よし、まずは状況を確認してみようかしら。問題点は二つ。まず、今の私は五歳までのジョアンの記憶と、前世の八二歳の記憶がある。まるで二人が同居してる感じ。まさか、私が孫から勧められたラノベと同じ状況になるとはねぇ～。長生きしてみるもんねぇ～。でも、ここにいる段階で死んでるのよねぇ。

そして、昨日の洗礼式で貴族令嬢にもかかわらず【無】属性だった件。本来なら、恥じるべきなんだろうけど、今の私はなんとも思わない。だって、前世は魔法が使えなかったから。まぁ、前世でもスマホやAIなんて、魔法みたいなものだったけど……。でも、慣れると便利なのよねぇ。あら？　掃除ロボットのタロウがメンテナンスから戻ってくるの忘れてたわ。

でも、ここは異世界らしいから、こちらの考えであれば、お父様たちは【無】属性だった私をどう思っているのかしら？　ガッカリしてるわよね。縁を切られたりするのかしら？　もしかして、下女としてこき使われたりするのかも……。でも、追い出されない分、それも良いかもしれないわね。まぁ、家事は主婦歴五〇年以上だから苦ではないしね。

「ぐぅ～～～」

なんにしても、お腹空《なかす》いたわ。この身体は昨日の朝から、食べてないものね。前世から考えると、一週間おかゆやお見舞いのアイスクリームぐらいで、ちゃんと食べてないわ。ともかく何か食べないと【腹が減っては戦はできぬ】だからねぇ。まずは、何か食べさせてもらおうかね。まぁ、飲酒はできないわよね？　子供だし……。

頭は大人なのよ？　それどころか、高齢者なんだけど……。ん？　見た目は子供、頭は大人……。昔から大好きだった、少年漫画みたいだわ。

「よっこらせ」

と、私はおもむろにベッドの上に立ち上がり、左手を腰に右手を胸の高さまで上げて指をさして
「見た目は子供、頭脳は大人。その名も、ジョアン・ランペイル！」

ふっ、決まった!!

「「ぶっ、あはははーっ」」

（えっ？　なんだい？）

恐る恐る振り返ると、そこには後ろを向いて肩を震わせてるノエル兄様と、腹を抱えて爆笑してるジーン兄様がいた。

（やっちまったー）

私はその場で、頭を抱えてしゃがみ込んだ。


あの後、魂の抜けた私を、私付きの侍女サラが着替えさせてくれた。五歳の貴族令嬢には普通でも、八二歳の私には介護のような気がしてならない。

（サラさんよ、申し訳ないねぇ）

それからサラに手を引かれて、夕食を取る為にダイニングにやってきた。既に、両親とお兄様たちはテーブルについていて、私を待っていた。

「大変、お待たせいたしました」

綺麗なカーテシーで、挨拶をした。

（映画とかでしか見たことない動作なのに、身体が勝手に動く。転生って凄《すご》いわねぇ）

お父様、お母様、ノエル兄様は優しく微笑《ほほえ》んでくれた。ジーン兄様は、先ほどのことを思い出し

たのか、また肩が震えてる。

「大丈夫だ。席につきなさい」

お父様に言われ、席に向かうと、家令のグレイが椅子を引いてくれる。私が席につくと、夕食が運ばれてきた。異世界、初飯としてワクワクして、待っているとスープ、サラダ、メインのチキンステーキ、パン。

（あら、意外と普通なのねぇ。でも、年寄りの歯でチキンステーキなんて食べられなかったから、久々じゃないかしら？）

「いただきます」

そう言って、食べ始め……ん？　なんで、みんな、また固まってるのかしら？　おかしなこと言ってないわよね？　食べる前に挨拶は、当たり前よね？

キョトンとして、首を傾けてみんなを見ると、みんなはハッとして食事を再開させた。

（今の間は、なんなのかしら？　まっ、とりあえず食べましょう）

食事は、正直言うと、まずい……。今までいかに、食に恵まれていた世界にいたかがわかったわ。孫たちが、サプライズで作ってくれたご飯の方が、まだ美味《おい》しいかもしれないわねぇ。

スープは、薄い……。野菜たっぷりなのは、わかるわ。ジャガイモ、にんじん、玉ねぎ……。異世界でも、同じなのね。ちょっと、感動よ。でも、味が薄い。塩茹《ゆ》でして、そのまま出された感じだわ。コンソメ入れるだけでも違うのに、この世界にはないのかしらね？

サラダは、レタスだけ……。緑、一色。そこに塩をかけただけで、わしゃ、虫か？　いくらなんでも、もう少しあるでしょう？　一番下の孫だって、プチトマトを入れてたわよ。彩りって大事よねぇ。

メインは、チキンステーキ。食べた感じ、胸肉ね。うん、パッサパサだわ。こりゃ、水分もっていかれるわ。薄く小麦粉つけるだけで、もっと柔らかくジューシーになるのに、もったいないわぁ。パンは……。硬い、硬すぎるわ。石だわ、石。軽石だわ。八二歳なら入歯が壊れるんじゃないだろうか？　五歳の乳歯が折れたら、大変よ。この世界の人は、歯が丈夫なのねぇ。あらっ、みんなパンをスープに浸してるわ。孫たちも、よくチョコサンドクッキーを、牛乳に浸して食べてたわねぇ。

そして結局、完食はできなかった。料理をしてくれた人、本当にごめんなさいねぇ。食べ物を、粗末にしちゃいけないのわかるけど、無理だったわ。

食後は、リビングに移動してティータイム。お父様はウイスキー。お母様はワイン。お兄様たちは、紅茶。私はホットミルク。

一息ついた頃、お父様が例の話を切り出した。

「ジョアン、洗礼式のことだけど――」

お父様の話の途中で、私はホットミルクを置き、ソファーから下りると、すぐさま【土下座】の技を出した。

「「「えっ？」」」

「侍女とは言いません。下女で構いませんので、ランペイル家に置いて下さい」

「「「はぁー!?」」」

（あぁ、この反応だと、やっぱり追い出されるのかしら？　涙と鼻水で顔上げられないわ）

フワッとした浮遊感と、ウイスキーとインクの匂いでお父様に抱っこされたことがわかった。

お父様は、私の酷《ひど》い顔を見ると苦笑しながら、ハンカチで拭いてくれた。申し訳なさすぎる。後で洗濯して、お返しします。

お父様はそのまま、ソファーに移動して、私を膝に座らせ頭を撫《な》でてくれる。五歳のわたくしの大好きなことの一つだけど、八二歳の私にとっては気恥ずかしい。

「どうして、あんなことを考えたんだい？」

お父様は、優しく聞いてくれる。お母様もお兄様たちも、私が理由を話すのを待ってくれている。

「だって……私は……【無】属性だったから……。お兄様たちみたいに……五属性じゃなかったから……。私がいたら……ランペイル家の……恥になるから……」

私は、泣かないように、ゆっくりと理由を話した。

「あのね、ジョアン。よく聞くんだ。ジョアンがたとえ【無】属性でも、私たちにとって、かけがえのない家族だよ。それは、これからもずっと、変わらないよ」

お父様は、ギュッと抱きしめながら話してくれる。

「じゃあ、ここにいてもいいの？」

恐る恐る聞いてみる。

「当たり前じゃないか」

お父様は、またギュッと抱きしめてくれる。それだけで安心できる。

「あなたは、私の大切な可愛い娘よ」

お母様も、ギュッとしてくれる。また、涙で視界がボヤける。ノエル兄様も私の側《そば》に来て、優しく頬を撫でながら
「僕の可愛い妹は、ジョーだけだよ」

（うぉー、ちょいとお兄さん。それは、刺激が強いわ。この年寄りを、キュン死させる気かい？

あら？　よくよく見たら、一番上の孫が好きなイケメン俳優に似てるわねぇ）

ジーン兄様も側に来て、私の小さな鼻を摘《つま》むと

「泣きすぎて、不細工になってるぞ。ジョーは、笑ってる方が良いんだからな」

そう言うと、自分のセリフに照れたのかそっぽを向いた。

（なんだい、次はツンデレってやつかい？　コレはコレで、キュンとするねぇ。メル友の子が話してたみたいに、ギャップ萌えってやつかね？　それにしても、二番目の孫みたいに不器用そうだねぇ）

その後、泣き疲れたのもあって、私はお父様の膝の上で寝てしまった。

✦✦✦

私には、五歳になる娘がいる。上の二人の子供が男の子なのもあって、少々甘やかして育ててしまった感はある。幼いながらも、自分が中心にならないと癇癪《かんしゃく》を起こしたり、好き嫌いが激しく野菜は一切食べようとしない。

そんな娘が、洗礼式で【無】属性と判定された。正直、ショックだった。私は【火】属性で、爵位を継ぐまで魔物討伐団の副団長を務めていたほどの実力があると、自負している。妻のマーガレットもそうだ。彼女も、【風】属性として、結婚するまで魔術師団の副師団長を務めていた。

上の二人の子供たちも、五属性だ。長男ノエルは、私と同じ【火】属性で、あの年で、なかなかの制御能力を持っている。このままいけば、希望している魔術師団に入れるだろう。次男ジーンは、妻と同じ【風】属性だ。まだまだ、力を制御しきれていないが、剣術に関しては私やグレイの下、

日々精進している。

だから、【無】属性の判定はショックだった。しかし判定後、ジョアンが倒れたことで、私以上に娘がショックだったことを知った。あの娘のことだ、自分のことを過大評価していたのだろう。目覚めたら、きっと癇癪を起こすに違いない。どうしたものか……。

翌日の昼過ぎ、娘は目覚めた。怒るわけでもなく、泣き喚《わめ》くこともなく、私たちに心配をかけたことを詫《わ》びた。しかも、今まで見たことのないような、微笑みを浮かべながらだ。まだ、ショックが抜けていないようだった。

夕食時に、ジョアンはいつも通り遅れてやってきた。いつもと違うのは、遅れたことに対して詫びたこと。しかも綺麗なカーテシーをしながら。私は動揺を隠しながら、席に座るように促した。食事はいつも通り、スープ、サラダ、メイン、パンだった。だが、いつもより野菜が多い。こうなると、またジョアンが騒ぎ出す。夕食ぐらい、静かに食べたいのだが……。

しかし、今夜は違った。まず、食べる前にジョアンは『いただきます』と言っていた。どういう意味で言ったのかは不明だが……。そして、あの野菜嫌いのジョアンが、文句の一つも言わず食べているではないか。完食はしなかったものの、今までとは大違いだ。食事が終わり、リビングに移動する際、ジョアンがグレイに何かを話している。やっぱり、料理に対する文句かとグレイに確認したら、残したことに対して料理人たちに代わりに謝ってほしいとのことだった。

どうした、娘よ。頭を打って、変わってしまったのか?

リビングで、一息ついた頃を見計らい、洗礼式の件を話そうとした。すると、ジョアンはいきなり床に頭をつけ、下女でも構わないから家に置いてくれと懇願してきた。たとえ【無】属性でも、可愛い娘には変わらないのに。どうして、そこまで思い詰めてしまったのだろう。皆に、慰められ安心したのと泣き疲れて、私の膝の上で寝てしまった。

ジョアンの部屋に運び、ベッドに寝かせる。月明かりの中、ジョアンの頭を撫でる。この子が、不自由なく過ごせるようにちゃんと考えなければ……。この子の笑顔が消えないように。

「おやすみ。いい夢を」

私は、娘の部屋を出てリビングに向かった。今後のことを、皆で考えなければ……。


リビングに戻ると、マーガレット、ノエル、ジーンが待っていた。

「あなた、ジョアンは大丈夫かしら」

妻が心配をするのは当たり前だ。

「あぁ、大丈夫だ。よく寝ているよ。まだショックで混乱しているのだろう」

「あの子が【無】属性だなんて、きっと何かの間違いよ。もう一度、判定してもらえば違うのかもしれない」

「マーガレット、間違いではないよ。判定玉《クリスタル》の判定は絶対だよ。どんな判定でもね」

私だって、何かの間違いであってほしい。でも、決して覆すことのできない判定なのもわかっている……。

「父上、ちょっとよろしいでしょうか」

ノエルが、本を片手に話してきた。

「昨日、洗礼式の後、【無】属性について色々と文献を探してみたのです。とはいっても、まだハッキリと確定ではないいんですけど……」

妹の為に、色々確認してくれたのか。本当に妹想《おも》いのいい兄だな。

「うむ、話してごらん」

「はい。【無】属性は一般的に五属性のような秀でたものがない為、ハズレ属性だと認識されてきました。でも僕が、学院の図書館から借りていた本に属性について書かれてあったのですが、それには『【無】属性は、あらゆる属性の能力が平均の場合もある』と」

「何？ どういうことだ？」

「その文献には、『他の属性との相関関係を持たなかったり、あっても軽微であることがほとんどである』と」

「えっ！ じゃあ、もしかしてジョーは全属性を持ってるかもしれないってこと？」

ジーンが興奮するのもわかる。今まで【無】属性に対して、ハズレ属性だという認識だったから。

「その文献の著者は誰なんだ」

これは、本当かどうか確認せねばならないな。

「えーっと……ロンゲスト博士です」

「なんだって！」

「ジュリエッタ・ロンゲスト博士です。あの、ジュリエッタ叔母《おば》様です」

「あいつだったのか……」

ジュリエッタ・ロンゲスト。妹は昔から、魔法馬鹿だった。

学院を卒業すると魔術師団に入り、妻と同じ副師団長を務めていた。そんな妹も結婚したら、落ち着くと思ったのだが……。夫となったギルバートは、優秀な文官だったが、奴《やつ》も相当な魔法馬鹿だった。だから結婚後、妹が魔法を極めたいから高等大学院に行きたいと言うと、喜んで後押しをした。そして、そこで博士号を取った。

「よし、ジュリエッタに関しては私が詳細を聞いてこよう。グレイ、ジュリエッタに時間を取るよう連絡してくれ」

「かしこまりました」

グレイは、早速連絡を取るべくリビングを出ていった。

「そういえば、父様。ジョーのスキルはなんだったのですか?」

ジーンが聞いてくる。しかし、私もマーガレットもバタバタしていて確認していなかった。

「もしかしたらさぁー【無】属性でもスキルが優秀なら、やっていけんじゃないかなーって」

ジーンは、ジーンなりに妹のことを考えていたようだ。

「なんか面白いスキルだったら、笑えんだけどなー」

この余計な一言がなかったら、良い息子なのに……。

「じゃあ、スキルについては明日確認してみよう。そして、あの子が今後どうしていきたいかも、聞いてみよう」

私たちは、あの子の為に導いてやらなければ。

第二章　チートなスキル

翌日、早朝。

うわぁー、泣いて寝落ちとかって恥ずかしすぎる。でも、五歳児ならありかしら？　ベッドにいるってことは、リビングから運んでもらったのよね？　申し訳なさすぎて、泣けてくる。それにしても、昨夜泣きすぎたのか喉が渇いたわね。お水飲みたいわ。厨房《ちゅうぼう》の場所知らないけど、まっ、歩いていたら着くでしょう。そう思いながら、自室を出る。

しばらく歩くと、反対側から家令のグレイがやってくる。グレイは私を見ると、ちょっと驚き側へ駆け寄ってきた。

「おはようございます、お嬢様。まだ五刻前ですが、どうなさいました？」

わたくしの記憶だと、こんな早くに起きたことはない。いつもサラに起こされるまで、起きないものね。でも八二歳の私には、いつも通りの起床時間。年寄りの朝は早いのよ。

「おはよう、グレイ。喉が渇いて起きてしまったの。だからお水欲しくて、厨房に行こうとしたの」

「そうですか。でしたら、お部屋のベルを鳴らせばサラが参りましたのに」

「でも、まだ時間が早いでしょ？　お水だけの為に、サラを起こしたら申し訳ないじゃない？」

だって、サラまだ一二歳じゃない。起こすのは忍びないわ。

「っ！　そ、そうですか。お優しいのですね。では、私と一緒に厨房に参りますか？」

「うん。ありがとう。お願いします」

ペコリと頭を下げる。

「っ!!」

私は知らなかったが、五歳のジョアンは誰に対しても横柄な態度だった。やってもらうのが当たり前で、お礼も言わなければ、お願いする為に頭を下げたことはなかった。だから、グレイの驚きは相当なものだった。


私は、グレイと厨房まで歩きながら、頭が混乱しているからと、色々教えてもらった。

この世界も、前世と同じ二四時間制。ただ、〇時〇分ではなく、〇刻〇分と言うだけ。

また、日本と同じように四季があり、一週間は七日で、一年は三六五日。曜日は、《月火水木金土日》ではなく《光火水風雷土無》らしい。学院や、仕事も基本的には週休二日制らしい。


短い足を頑張って動かして、ようやく厨房に到着。既に料理人たちは、朝食の準備をしていた。

そこへグレイと共に入る。

「あれ？　グレイさん。こんな早い時間に、どうしたんだ?」

うわっ、山賊がいる。身体も声もデカくて、髭面《ひげづら》だわ。

「おはようございます、エイブ。私が用があるのではなく……」

グレイが私の方に視線を寄越す。

「おはようございます。喉が渇いたので、お水をくだちゃい」

噛《か》んだ。恥ずかしい。

「ぷっ……」お、おはようございます、お嬢。水ですね。ちょっとお待ち下さい」

笑われたぁー。しかも、二人笑ってたわ。グレイじゃない。犯人はどこだ?　お水が来る間にキョロキョロと厨房を見渡す。

あっ、いた！　後ろ姿だけど、赤毛のおさげの子。有名な小説に出てくる女の子みたい。あの本、昔よく読んだわねぇ。これで顔にそばかすもあって、名前も一緒なら、良いのにね〜。そんなことを考えてニヤニヤしていると……

「お待たせしました、お嬢。水ですぜ」

エイブさん（?）がお水を持って戻ってきた。

「ありがとうございます」

「っ！」

ごく、ごく、ごく……。あー、美味しいわ。でも、寝起きは白湯《さゆ》の方が健康にも美容にも良いって、昔テレビで言ってたわ。今度、お母様にも教えてあげましょうかねぇ。

「お忙しい時間に、すみませんでした」

と頭を下げる。

「いや、いや、頭を上げて下さいよ。水ぐらい、いつでも出しますんで。コップでも、バケツでも」

さすがにバケツではいらないわ。あっ、昨日の夕飯のこと、謝らないといけないわねぇ。確か、エイブさんらしいけど、確認は大切！　間違えたら失礼だからねぇ。

「えっと……、ごめんなさい。お名前は?」

「あっ、俺はエイブです。料理長をやってます。あと、こっちが……おい、こっちに来い」

赤毛の子がやってくる。やっと顔が見られる。さぁ、そばかすちゃんかな?　ビンゴ———！

そばかすちゃん、来た———！　リーチがかかりました、さぁ、名を名乗りたまえ——。

「お嬢様、アニーといいます」

そっちか――。ミュージカルの方かい。そしたら、赤毛のアフロでしょうよー。

おっと、落ち着け、私。みんなが見てる。

「エイブさん、アニーさん、昨日の夕飯、残してごめんなさい。お腹いっぱいで食べきれなくて」

「いやいや、そんな滅相もない。謝ってもらわなくて良いんですよ。お腹いっぱいになったら、それで」

「でも、残したらもったいないし……。だから、次は少なめでお願いします」

と、頭を下げる。

「お嬢様、そんなに頭を下げずともよろしいんですよ」

と、グレイは言う。

「でも、お願いすることだから、頭を下げるものでしょ？」

「「「っ!!」」」

「そ、そうですね。お願いする時は大切かもしれませんね」

と、グレイが言っていると、遠くの方からバタバタと厨房に向かってくる足音が聞こえる。

（ん？　誰か走ってくる。どうしたのかしら？）

「あっ、グレイさん、た、大変なんです！　お、お嬢様が、お嬢様が、お部屋にいらっしゃ……いましたー。もぉーお嬢様～、とても心配したんですよー」

走ってきたのはサラだった。どうやら心配させたようだった。

「ごめんなさい、サラ。起きたら、喉が渇いてたから、グレイに厨房に連れてきてもらったの」

「そうだったのですね。ベルを鳴らしていただけたら良かったですのに」

「だって、五刻前だったから起こすのは申し訳なくて」

「そ、それは、早いですね。で、でも、心配しますから……」

「ごめんなさい。すぐ戻るつもりだったから」

「大丈夫ですよ。さっ、お部屋に戻りましょう。まだ、朝食まで時間があるから湯浴みなさいますか?」

　サラに手を引かれて、部屋に戻る。


　湯浴みさせてもらったら、温まってボーッとするわ。朝風呂なんて、いつぶりかねぇ。風邪ひく前は、近所の銭湯に週三で行ってたからねぇ。風呂上がりのコーヒー牛乳があれば良いのに……。もしかしてコーヒー自体ないのかしらね?

「お嬢様、そろそろ朝食でございます。ダイニングに向かいましょう」

「はーい」

（朝食は和食派なんだけどねぇ。さすがに無理よねぇ～）

　ダイニングに行くと、まだお兄様たちだけだった。

「おはようございます。ノエル兄様、ジーン兄様」

「おはよう、ジョー。体調は大丈夫?」

　ノエル兄様の笑顔は、朝からキラキラねぇ。

「おはよー。早起きできるようになったんだな」

　ジーン兄様の笑顔は、朝からニヤニヤだわ。

「はい、体調はもう大丈夫です。ありがとうございます、ノエル兄様。洗礼式も終わったので、ちゃんとしようと思って、早起きを心掛けるようにしたんですよ、ジーン兄様」

「ほぉーそれは偉いな、ジョアン」

「……っ！　お、おはようございます、お父様、お母様」

ビックリするから、いきなり話しかけないでほしいわぁ。八二歳の身体なら、心臓止まっているかもしれないわよぉ。

「おはよう、ジョアン。よく眠れたかしら？」

（朝から、麗しいわぁ～）

「はい、お母様」

全員揃《そろ》ったところで、朝食が運ばれてくる。今朝のメニューは、スープ、サラダ、スクランブルエッグ、パンだった。

スープは、玉ねぎ、にんじん、ベーコンの具。味は、やっぱり塩味で薄い……。スープは、この味付けしかないのかしら？　サラダは、やっぱり緑一色……。麻雀なら、リューイーソー。ある意味、役満だわ。スクランブルエッグは……何かボソボソする。これは、スクランブルエッグというより、炒《い》り卵ね……。パンは……やっぱり硬い。

エイブさんたちに、お願いしたのが良かったのか、量が少なめだったのでなんとか完食できた。

お願いしてみるもんね。

（料理させてほしいとお願いしたら、作らせてもらえるかしら？　ご飯が美味しくなれば、みんな喜んでくれるわよね？　【無】属性でも、やれることを探してみないとねぇ）

朝食後は、リビングに移動をしてティータイム。

（この世界の人は、ティータイムが好きねぇ～）

サラに聞いたら……

アーリーモーニングティー…起き抜けの一杯。

モーニングティー…朝食後～一〇刻頃。（ランペイル家では、週末だけ）

アフタヌーンティー…一五刻頃。

アフターディナーティー…夕食後。

まっ、私もお茶は大好きだから、嬉《うれ》しいわ。グレイの淹《い》れてくれる紅茶は、とても美味しい。そして、飲むとなんかホッとするし、身体が軽くなる。淹れ方にコツでもあるのかしら？　紅茶があるんだもの、探したら緑茶もありそうねぇ。製法が違うだけで、同じ茶葉だもの。

ちなみに、今日は、無の日らしい。前世でいうところの、日曜日。だから、お兄様たちは学院がお休み。普段、お兄様たちは学院の寮で生活をしていて、週末だけ家に戻ってきている。


【王立学院】

一〇歳から一八歳まで、国内の貴族、平民全ての子供たちが通う義務がある。全寮制の学校。ただし、子供が既に職を持っている場合のみ、必要に応じて通学する。基本的に自宅学習で、通信制の学校のようなものだった。ちなみに孤児院で生活している子供に関しては、孤児院にいるシスターなどが簡単な読み書きや計算を教えるので、学院には通っていない。

学院内では、貴族も平民も平等な為、クラスは学力診断にて分けられる。

一〇～一三歳は、一般教育として算術、歴史、地理、魔術などを学ぶ。

一四～一八歳は、専門知識を学ぶ為に各々希望する授業を受ける。

　魔術科…魔術師、魔道具師など魔術関係。

騎士科…騎士、冒険者など剣術関係。

文官科…文官、商人だけではなく、従僕や侍女の為のコースもある。

小学校から高校までの全寮制で、一般教育や専門分野を勉強するところなのねぇ。平民も平等って素晴らしいわぁ。


「ところで、ジョアン。スキルを確認したかい?」

お父様から聞かれるも、私としては、スキルとはなんぞや？　と首を傾げる。

「スキル……ですか?」

(まず、確認の仕方、知らないんだけどねぇ)

「えぇーと、どうやって確認するのですか?」

「あぁ、そうか。教えていなかったね。【ステータス】と言うと、自分の情報がわかるんだよ」

「わかりました。えっと【ステータス】」

[ジョアン・ランペイル]
《状態》健康
《属性》無
《技術《スキル》》サーチS
　ストレージS
　リペア
　ファーストエイド

アクア
ドライ
アシスト

「……」

（なんかいっぱい出たわよ？）

「どうだい？　スキルは表示されたかい？」

「……はい。なんかいっぱい出ました」

「ん？　いっぱい？」

「はい。七個」

「「「「っ！」」」」

アレ？　みんな固まっちゃった。グレイまで？

「なっ、七個。み、見せてもらえるかい？」

「お父様、どうやれば見せられるのですか？」

「あっ、【ステータス　オープン】で見せられるよ。試しに、ほら【ステータス　オープン】」

すると、お父様のステータスを見ることができた。

［スタンリー・ランペイル］
《状態》寝不足
《属性》火

《技術《スキル》》サーチ
ストレージ
セルフヒール

「あっ、見られました。ん？　あれ？」

(スキル、三つしかないわよ)

「ジョアンも見せてくれるかい？」

「はい。【ステータス　オープン】」

お父様たちは、私のステータスを確認すると驚いていた。ノエル兄様はメガネをハンカチで拭いたり目を擦《こす》ったりしていたけれど、やはり私のスキルは七個。

「本当に、七個だな」

「まぁ……」

「す、凄い」

「やっぱり、スキルも面白いなー」

そんなに驚くことなのかしらねぇ〜。一人、失礼なこと言ってるけどねぇ。でも、そんなことよりどんなスキルなのか気になる。二番目の孫と、ゲームで魔物を狩ってた私にとっては……あっ、今、思い出したけど、来週からランキングイベントあったじゃない！　やりたかったわぁ。

私の前世は、八二歳にして歯も丈夫で料理を食べること作ること大好き。一六人ダンス&ボーカルグループにハマり。お笑いも格闘技もアニメも漫画も大好き。ラノベも読む。流行《はや》りのゲームもやる。スマホもＡＩも使いこなし、一般的なお年寄りではなかったが、本人はただ新しい物が大好きで、やりたいことをやっているだけだった。

『やらないで後悔するより、やって後悔した方が良い』と『なるように、なるでしょう』が口癖な、ポジティブ思考なおばあちゃんだった。


「……ジョアン。スキルは一般的に三個。多くても五個なのだよ」

「はいっ⁉　で、でも私、七個ですよ？」

「あぁ、私も初めて見るよ」

（なんだってねぇ～。あーアレかい？　異世界チートってやつかい？　転生ってのは、大したもんだねぇ～）

「しかもね、ジョー。サーチとストレージにＳが付いているだろう？」

ノエル兄様が聞いてくれる。

「はい、付いてます」

「そのＳが付いてると、通常より性能とかが優れているんだよ」

「ん？　性能？」

「うん。例えばね、コレをサーチしてくれるかな？」

そう言うと、紅茶の入ったティーカップを指さす。

「えっと、【サーチ】。わぁー、凄い！」

［ティーカップ］

飲み物を入れる物。
コペン作のワイルドベリーの絵柄が描かれている。
材質：磁器。
食用：不可。
補足：以前は一〇個組で揃っていたが、ジーンが割った為、現在は八個。

[紅茶]
グレイオリジナルブレンドティー。
摘み取った茶の葉と芽を乾燥させ、もみ込んで完全発酵させ、乾燥させた茶葉。
産地：ランペイル領産。最高級茶葉。
食用：可。
補足：グレイが淹れることで、多少の回復が見込まれる。

「何がわかったの？」

お母様が聞いてくる。

「はい。ティーカップは、磁器でできていて、絵柄のワイルドベリーはコペン作です。それと、元々は一〇個組でしたが、ジーン兄様が割った為、現在は八個です」

「げっ！　な、なんで割ったこと知ってんだよー!!」

「えっ、補足に出てました」

「「っ！」」

「マジか……」

「そして、紅茶はランペイル領産の最高級茶葉を使った、グレイオリジナルブレンドで、グレイが淹れることで多少の回復が見込まれる。……です」

「「「はぁぁ――――っ!?」」」

「グ、グレイ、どうなんだ?」

「はい。確かに私のオリジナルブレンドです。産地等も当たっております。ただ、多少の回復というのは……私にもわかりかねます」

「そうか……」

「凄いですね。これがサーチなのですね? ノエル兄様」

「う、うん。ちょっと、違うけど。まあ、いいか。で、サーチSはその他に人間を含む生き物もサーチできるんだよ」

「へぇー生き物ですかぁ」

「じゃあ、試しにジーンをサーチしてよ」

「えっ! な、なんで俺なんだよー。兄上が見てもらえば良いだろー!!」

ジーン兄様の言ってることは、スルーして

「【サーチ】」

［ジーン・ランペイル］

　辺境伯ランペイル家、次男。一一歳。【風】属性。

状態：いたって健康だが、野菜不足の為口内炎ができている。

補足：わんぱく、ツンデレ。隠し事あり。

「ふふふっ」

「ん？　何がわかった？」

ノエル兄様、興味津々ですね。

「はい。いたって健康ですが、野菜不足の為に口内炎があるそうです。あと……隠し事もあり。と」

「な、なんで、そんなことまでわかるんだよー！」

「……グレイ、ジーンに野菜ジュースを作ってくれ」

お父様、とてもいい笑顔ですね。

「かしこまりました。少々お待ち下さい」

と、去っていくグレイ。みんなに背を向けた瞬間、顔が笑ってたわ。

「じゃあ、野菜ジュースが来るまで、カップを割っていたことと隠し事について聞きましょうか？」

お母様も、とてもいい笑顔。

「……」

あっ、ジーン兄様、灰になったわ……。昔見たアニメみたいだねぇ。燃え尽きちまった、真っ白になな……。

「じゃ、じゃあ、ジョーは僕の部屋でスキルについて教えてあげるよ」

ノエル兄様、逃げるのね。

「は、はい。では、お父様、お母様、失礼します」

ごめんなさい、ジーン兄様。ファイトー!!

ノエル兄様と一緒にリビングを出て、扉が閉まった瞬間、顔を見合わせて笑った。

ノエル兄様の部屋は、シンプルだった。天井まである背の高い二つの本棚に、めいっぱいの本。ほとんどが、魔術に関しての物だった。

（本当に魔術が好きなのねぇ。きっとサーチしたら、魔術馬鹿って出るんじゃないかしら？）

「ジョー。なんか失礼なこと、考えてない？」

「っ！　い、いいえ、何も」

ノエル兄様、侮れない。

「じゃあ、さっきの続きね。サーチのことは、わかったよね？」

「はい。見たモノを検索できるってことですね？」

「そう、正解。じゃあ、次は、ストレージだね。ストレージってのは、収納魔法だよ」

「収納魔法？」

（圧縮袋みたいに、収納しやすくなったりするのかしら？）

「収納魔法ってのはね、魔法で作り出した空間に物を収納する魔法だよ」

「魔法で作り出した空間？」

「やってみたら、わかるよ」

「はい。【ストレージ】えっ!?」

目の前に、ぽっかり穴が開いた。

「そこに、収納できるんだよ」

「うわぁーすごい。便利ー！」

「でも、Sが付いていたよね？　僕も、どんな性能か知らないんだよ」

「あっ、コレかな？」

私はストレージの横にある、表示を見つけ、指さした。

「ストレージの内容は、本人しかわからないんだよ。なんて書いてあるの？」

「えーっと、許容量が、∞《無限》……」

「はぁーっ!?　無限？」

「ストレージ内は、一定時間停止。ってあります」

「一定時間停止とかって……マジか……。通常のストレージって、時間停止とかできないんだよ」

「時間が止まるってことは、出来たてご飯を入れておけば、いつでも出来たての食事が食べられるってことですよね！」

「う、うん。まぁーそうだけど、なんか勿体《もったい》ない使い方だね」

(電子レンジいらずってことでしょう？　最高じゃないの)

「まぁーいいや、他に何があるんだっけ？」

「えーっと、リペア、ファーストエイド、アクア、ドライ、アシストです」

「僕も知らないのがあるや」

「ちなみに、ノエル兄様のスキルは？」

「僕のは【ステータス　オープン】」


「ノエル・ランペイル」

《状態》健康

《属性》火
《技術《スキル》》サーチ
　リード
　セルフヒール

「リードとセルフヒールってなんですか？」

そういえば、お父様もセルフヒール持っていたような……。

「リードは、人より速く本や書類とかを読めるんだ。セルフヒールは、自然治癒が人より優れてるんだよ」

「へぇ～そうなんですね。あっ、そうだ。この知らないスキルをサーチしたら、どんなスキルかわかったりします？」

「あーどうなんだろ？　通常のサーチは見た立体モノしか検索できないけど、サーチSだとできるかもしれないね？　試しにやってみたら？」

「はい。じゃあ、まず【ステータス　オープン】で、スキルを【サーチ】と」

［ジョアン・ランペイル］
《状態》健康
《属性》無
《技術《スキル》》サーチS…検索。鑑定。見ているあらゆるモノを検索、鑑定可能。
　ストレージS…収納。許容量∞、収納内一定時間停止。

リペア…修理。修理する物の構造を理解していれば可能。ただし素材が必要。

ファーストエイド… 応急処置。止血、痛み止めなら可能。

アクア…水源。一度に一〇万リットルまで可能。

ドライ…乾燥。あらゆるモノを乾燥できる。

アシスト…補助。思考内のあらゆるモノ、事柄について検索や補助を行う。

　スキル発動は無詠唱可能。


「あっ、できちゃいました」

　ガタッ。

「っ！　な、何？　なんなのこのスキル……。規格外すぎるよ――――！　凄い、凄いよー、ジョー!!」

　ノエル兄様は、立ち上がって私のスキルに驚き、感動し、私を抱き上げるとクルクル回りだした。

　クルクル、クルクル……。

「あぁ～～。ノ、ノエルに、兄様、や、やめ、やめて…あぁ～～、め、目が、目がまわ、回るぅ～～。あぁ～～～」

　トン、トン、トン。

「兄上ー？　父上が、呼んでこ……って、何やってんだよー！　ジョーが、ジョーが目を回してるって、兄上、止まれってばー!!」

「ご、ごめん、ジョー」

　ノエル兄様、シュンとしても、モノには限度があるのよ……。

「……」

「大丈夫か、ジョー?」

ジーン兄様が、四つん這《ば》いになっている私の背中をさすってくれる。

「ダイジョバナイ……」

「ほ、ほら、ともかく、父上たちのところに行こう！　待っているよ」

ノエル兄様を、ジーン兄様と二人で目を細めてジーっと見る。

「うっ。本当にごめんよ、ジョー。つい、興奮しちゃって……」

「ノエル兄様、抱っこして下さい。抱っこしてくれたら、許します」

抱っこをしてもらい、リビングへ移動する。


「あら?　どうしたの?」

お母様が聞いてくる。

「えっ、あっ、いや、たまには抱っこしてあげたいなぁ～って。ねっ、ジョー」

あっ、誤魔化した。まっ、抱っこしてもらったし、そういうことにしておきますか。でも、ジーン兄様のジト目が……。

「ふふふっ。そうですね。また、明日から兄様たち、学院に戻ってしまいますもの」

「そう。仲良しね～」

「で、ノエル。ジョアンのスキルは、どうだった?」

「あっ、はい、父上。ジョーのスキルは、本当に凄いんです！　ジョー、さっきみたいにやってみせて」

下に下ろしてもらう。

「はい。【ステータス　オープン】で、スキルを【サーチ】」

「「「はい――っ!?」」」

［ジョアン・ランペイル］
《状態》健康
《属性》無
《技術《スキル》》サーチS…検索。鑑定。見ているあらゆるモノを検索、鑑定可能。
ストレージS…収納。許容量∞、収納内一定時間停止。
リペア…修理。修理する物の構造を理解していれば可能。ただし素材が必要。
ファーストエイド…応急処置。止血、痛み止めなら可能。
アクア…水源。一度に一〇万リットルまで可能。
ドライ…乾燥。あらゆるモノを乾燥できる。
アシスト…補助。思考内のあらゆるモノ、事柄について検索や補助を行う。
スキル発動は無詠唱可能。

「「「えっ!」」」「マジで!?」

「スキルをサーチ。そんなこと、できるのか。凄いなサーチS……。なんて規格外なんだ」

お父様、遠い目をしないで。

「魔術師団の同僚だって、ここまでのスキル持ちはいないわよ」

あっ、お母様までが遠くを見つめ始めた。

「すっげーな。属性が【無】でも、このスキルあったらやっていけんじゃん。リペアとか、超羨ましいぜ。俺、すぐ壊しちゃうからよ～。今度から、ジョーに頼もうっと」

（ジーン兄様、なんでもは修理できないのよ？　素材が、必要だからねぇ。ほら、そんなこと、言ってるから、お母様が目からビーム出そうな感じで、コッチ見てるって。ホント、二番目の孫と同じだわ）

それにしても、私のスキルってそんなに規格外なのねぇ～。これも異世界チートなのかしらねぇ。

【無】属性でも、この規格外スキルでどうにかならないものかしら。

「う、うん。ジョアンの規格外のスキルについては、わかったよ。で、ジョアンは、これからどうしたい？」

「えっ？　どうしたいとは？　やっぱり……」

追い出されちゃうのかしら？　また、涙が出てきちゃったわ。五歳の身体は、感情に素直ねぇ～。

一番下の孫もよく泣いていたし……。あの子、私が死んで、今頃泣いてないかしら？

「ジョアン。こっちへおいで」

お母様が抱き寄せて、頭を撫でてくれる。

「あなたをどこにもやらないわ。でもね、あなたは【無】属性の判定をされたでしょ？　この国では、一般的に【無】属性の貴族は、虐げられてるのも事実なの。だからね、あなたが今後どうしたいか聞きたいの。もちろん成長していく中で、変わったとしても構わないから。今の、気持ちを聞かせてくれる？」

じゃあ、ちゃんと気持ち伝えないといけないわねぇ。聞いた後、反対されたら、またその時に考えよう。ともかく、自分のやりたいことを正直に話さないと。

私の、気持ち……。それは、五歳のわたくしの気持ち？　それとも八二歳の私の気持ち？　でも、どちらにしても、気持ちは一つ。

「私は、ここに、ランペイル家にいたいです。【無】属性でも……虐げられても、この規格外というスキルで何かを成し遂げたいです！　まだ、何ができるかわからないけど……。ダメでしょうか？」

「わかった。じゃあ、何ができるかお父様と一緒に考えよう」

「あ、ありがとうございます。お父様、大好きです〜」

ぎゅーっと、お父様にハグをする。

咄嗟《とっさ》の行動は、わたくしが出てくるようねぇ。純日本人の私が、自分からハグなんて恥ずかしくてできないからね。

「ジョ、ジョアン。お母様とも考えましょう。女同士なら、もっと色々思いつくかもしれないわよ」

「ありがとうございます。お母様も、大好きです〜」ぎゅーっ。

「ぼ、僕も、一緒に考えるよ。大人には思いつかない発想を、一緒に考えよう！」

「ありがとうございます、ノエル兄様。ノエル兄様も大好きーっ」ぎゅーっ。

「俺だって、な、何か考えるよー。きっと、一番年が近いから、俺と考えたら楽しいぜ」

「うふふふっ。ありがとうございます。ジーン兄様も大好きですよ」ぎゅーっ。

「お嬢様、私は皆様が知らないことも、知っております。一緒に考えませんか？」

「「「「っ！！！！」」」」

「グレイ、ありがとう。大好きよ」ぎゅーっ。

「グ、グレイ……オマエまで」

「……失礼いたしました」

みんな、私の気持ちを優先してくれる。本当に、いい家族だわ。じゃあ、料理したいって言っても許してくれるかしら？　言わない後悔より、言ってみての後悔よねぇ。まっ、なんとかなるでしょう。

「あ、あの、お父様、お願いがあります」

「ん、なんだい？」

「わ、私、料理がしたいです」

「料理？　ジョアンが？」

「はい、ダメでしょうか？」

「んー、でも、危ないだろう？」

「ちゃんとエイブさんたちの言うこと聞きますから。お願いします」

「んー、でもなぁ～」

「まぁ、いいんじゃない？　やらせてみたら」

お母様の援護が入った。

「んー、わかった。じゃあ、今日のアフタヌーンティーに、何か作ってごらん。それを、食べてみて考えよう」

「は、はい。ありがとうございます。頑張ります！」

（やったわ――。アフタヌーンティーだから、お菓子作りね。何を作ろうかしら。クッキー？　カップケーキ？　サンドウィッチ？　カナッペも捨てがたいわね。迷うわぁ～）

私が、何を作ろうか悩んでる様子を、みんなが優しく見守っていてくれた。

第三章　その頃、前世の孫たちは

四月某日。

大好きな祖母が亡くなって、もう三か月……。あんなに、笑っていたのに。あんなに、キラキラした目で大好きなグループの新曲MVを見てたのに……。


年末年始から風邪を拗《こじ》らせて、一週間以上ベッドにいた八二歳の祖母。

祖母は、普段はとても元気な人で、テレビやゲーム、新しいものが大好きで後期高齢者とは思えない活発な人だった。私と一緒に夏のフェスにも行ったたし、祖母が大好きな一六人ダンス&ボーカルグループのライブも行った。ライブで会った私と同世代の女の子たちとメルアド交換して、連絡や推しの情報交換もしていたみたい。弟とは魔物を狩るゲームでチームを組んだり、格闘技の試合を見に行ったりもしていたぐらい、若々しい人だった。

私が薦めたラノベも嫌悪することもなく
「こんなことしたら相手の家との関係悪化するだけじゃないねぇ。この王子さんは何も見えていないねぇ」

などと、ファンタジーの話に真面目に突っ込んだりもしていたっけ。

もちろん真面目な相談にも真剣にのってくれた。行きたい大学が、今の学力では難しくて、学校の担任にも塾の先生にも、両親にさえ「ランクを落としたら良い」と言われて、悔しくてどうしようもなくて自分の部屋で声を殺して泣いていると、祖母が濡《ぬ》れタオルとスポーツドリンクを持って

きてくれた。泣きやんだ私に、自分がどうしたいのか聞いてくれて、難しくても受験したいと言うと
「じゃあ、受けたら良いのよ。やらない後悔より、やって後悔しな。行きたくない学校に合格しても、通わなくなったら意味ないじゃない？」
と言ってくれた。
その後、私は両親と先生たちに、自分の気持ちを素直に話した。なんとか全員納得してくれて、志望大学に行く為にみんな協力してくれた。祖母も、休日に塾に向かう私にお弁当を作ってくれただけじゃなく、夜中まで勉強していると夜食を差し入れてくれたり、色々な面でサポートしてくれた。おかげで推薦で受験できることになって、本当に感謝している。

あの日の祖母は、熱も下がり咳《せき》も出なくなったが、食欲がなくなかなか体力が戻らなくて塞ぎがちだった。受験がひと段落ついたので、夕食後、一緒に推しグループのネット配信された新曲ＭＶを見ようと誘ってみると、食い気味で「見るわ!!」と答えていた。祖母は頬を赤くしながら、推しメンをキャーキャー言いながら見てた。本当に推しの前では、女の子になる祖母が可愛くって大好きだった。

新曲だけではなく、他の動画も一緒に見ていると私がお風呂の番になった。

私が部屋を出ようとすると祖母から声がかかった。

「しっかり温まってくるんだよ～。早風呂は風邪ひくよ～」

「それは、おばあちゃんでしょー」

「うふふっ。ピンポン、ピンポン、ピンポーン。正解でーす。さぁて《ライカ》がお風呂行ってる間に、もう一回カズに逢ってこようかしら？」

と、また新曲MVを見始めたので、私はお風呂に行った。

三〇分後。

お風呂上がりに冷凍庫から祖母の若いお友達から送られてきたアイスを二つ取り出し、祖母の部屋に向かう。部屋からは未《いま》だに推しグループの曲が漏れ聞こえている。

「おばあちゃーん、お見舞いのアイス食べるー？」

いくら待っても返事がない。どうしたのかと思い声をかけながら部屋へ入ると、ベッドの中の祖母は、笑顔で寝ていた。

「あー寝ちゃったんだ。ふふふ、笑顔だ。夢の中で、カズに逢ってるのかな？　おやすみ、おばあちゃん。いい夢みてねー」

祖母の布団を掛け直し、ノートパソコンをシャットダウンし、電気を消して部屋から出ると、再び台所に行き冷凍庫にアイスを仕舞った。台所を出ようとすると、お風呂上がりの母とすれ違った。

「あら、どうしたの？」

「あー、おばあちゃんとアイス食べようと持っていったんだけど、おばあちゃん寝落ちしてたの」

「そう。久々にテンション上がって疲れちゃったのかもね。体力も戻ってないから普段より疲れやすいのかもしれないわね。明日、仕事早番だから帰りにスーパー寄ってくるわ。おばあちゃんの大好きなウナギのひつまぶしでもしましょう」

「じゃあ、私がお吸い物とだし巻き卵でも作るよ」

「あら、助かるわ。きっと、おばあちゃんも喜ぶわよ」

――翌朝、祖母は起きてこなかった。

「おばあちゃんの大好きな、桜が満開だよ。私ね、今日から大学生だよ。おばあちゃんに相談していた志望のところに合格できたよ。あの時、おばあちゃんに背中を押してもらって本当に良かった。入学式終わりに、お母さんとおばあちゃんの大好きな道明寺《どうみょうじ》買ってくるからね。……じゃあ、行ってきまーす！」

✦✦✦

俺は、ばあちゃんが大好きだった。

友達から『ばあちゃん子』と言われても、全然恥ずかしくなかったし、それのどこが恥ずかしいことなのか理解できなかった。俺のばあちゃんは、他のばあちゃんよりも若いと思う。年齢は八二歳だけど、精神的にはもしかしたら父さんよりも若いかもしれない。俺との会話も弾むから、中学生になっても一緒に買い物に行ったし、一緒にお笑いライブや格闘技を観戦しに行くこともした。

ゲームは元々好きだったらしく、俺が魔物を狩るゲームにハマると、それを見ていたばあちゃんが気づいたらそのゲームソフトをネット注文していた。俺が学校に行っている間にやり込むから、あっという間に俺よりランクを越されてて、今では同じクエストに行っても助けてもらうことが増えた。

このことには、俺のことを『ばあちゃん子』と馬鹿にしていた友達も驚いたらしく、いつの間にか、ばあちゃんのことを『マスター』と呼んでネット通信でクエストに行っていた。

だから、ばあちゃんといることが全部楽しかったし大好きだった。

そんな、ばあちゃんが亡くなった。

俺が泊まりがけで、志望したサッカー強豪校の受験を受けに行ってる時に……。

ばあちゃんの口癖は『やらないで後悔するより、やって後悔した方が良い』と『なるように、なるでしょう』だった。

だから、俺も三者面談で内申点が足りないと言われた志望校を、頭を下げて受験させてもらった。

母さんは、内申点よりも全寮制のことを一番心配してた。それは俺が小学校、中学校に通っている間ずっと、何度も起こさないと起きなかったから。全寮制に行って一人で起きられるわけがないと。

でも、ばあちゃんが母さんに言ってくれた。

「大丈夫よぉ。《ルタ》が行きたいって言ってる学校なんだもの。合格して全寮制になっても、自分で頑張るわよ。大丈夫、なるようになるわよぉ」

ばあちゃんのおかげで、母さんも「とりあえず、やってみなさい」と言ってくれた。ばあちゃんには、感謝しかない。

「ばあちゃん、志望した学校、合格したぜ。来週から、入寮だから家出るよ。俺、頑張ってレギュラー取るから！　見守っていてくれよな。あーあと、ばあちゃんと一緒にやってたゲームのランキングイベントで、俺、トップ二〇に入ったぜ。でな、今度そのゲームが海外で映画になる。トップ三〇位まで入賞した人に、視聴会のペアチケットくれたんだぜ。魔物がフルＣＧで超リアルなんだよ。ばあちゃんと一緒に見に行きたかったよ」

仏壇に手を合わせながら、これまでのことを報告する。本当は、直接言いたかったんだけどしょうがない。

「ルター、買い物行くわよー」

玄関で、出かける準備の終わった母さんが呼んでる。元はといえば、母さんの準備待ちで待たされていたのに。

「はーい。今行くー！　今から入学祝いに、スパイク新調してもらうんだ。またな、ばあちゃん」

✦✦✦

『ピロピロピロピーン、充電が完了しました』

「ただいまー、タロウちゃん。今日ね、《ニコ》ね、小学校でね、おばあちゃんの絵描いたのよ。ほら、見て。上手でしょ?」

『ピロピロピーン』

「えへへへっ。先生にも、褒められたのよ。おばあちゃんもニコニコで、周りのお花もキレイね。って。この花はね、おばあちゃんの好きなガーベラなのよ」

『ピロピロピーン』

「おばあちゃん、喜んでくれるかな?」

『ピロピロピロピロピーン。掃除をスタートします』

「タロウちゃん、いってらっしゃーい」

『ピロピロピロピーン』

第四章 テスト

ランチ後。

私は早速、厨房に向かった。

「お嬢様〜、何作るんです？」

サラが、興味津々で聞いてくる。

「うーんとねぇー、クッキーにしようかなぁと。簡単だし」

「良いですねぇー、好きですよクッキー。ん？　簡単って、お嬢様作ったことありましたっけ？」

「あっ、ほ、ほら、本で読んだのよ」

「本ですか？　そんなの、ありましたっけ？」

「まっ、いいじゃない。ほら、着いたわ。すみませーん。お邪魔しまーす」

（危ない、危ない。わたくしは、五歳の貴族令嬢。料理の経験なんて、あるわけないじゃない）

「アレ？　お嬢様？　どうしました？」

あっ、今朝会ったアニーちゃんがいてくれて、良かったわ。

「えっと、お願いがあって来ましたの。エイブさんはいます？」

「えーっと、料理長は今、休憩中なんで……副料理長なら……。ちょっと待って下さいね。アーサーさーん。アーサーさーん。アーサーさ――」

「あーもー聞こえてるって。なんだよ、アニー……って、お嬢様？　どうしました？　アニーが何かやらかしました？」

「いえ、アニーさんは何もしてませんよ」

「そーですよー。なんで私が、何かやらかしたって決めつけてるんですかー」

「いや、オマエなら何かやってそうで」

副料理長さん、ヒドイなぁと思ってサラの方を見ると、サラまで頷《うなず》いてる。アニーちゃんって、そんな子なのかしら？　確かに、よく見るとドジっ子っぽい感じがするけど……。

「あっ、で、お嬢様はどうしてこちらに？」

「あのっ、お願いがありまして……。アフタヌーンティーのお菓子を、私に作らせて下さい。もちろん、お父様の許可はもらってあります」

「「えっ!!」」

副料理長さんとアニーちゃんが目を大きく見開いて驚いている。

「ちなみに、何を作ろうと思ってるんです？」

「クッキーです」

「クッキー。じゃあ、その材料は知ってますか？」

「はい。小麦粉、砂糖、バターです」

「（知ってんだ……）わかりました」

「えっ。じゃあ……」

「でも、条件があります」

「条件ですか？」

「はい。まず、行動に移す前に何をしようとしてるのか教えて下さい。そして、何かわかんないことがあれば、その都度相談して下さい」

《報・連・相》ね。大切なことだわ）

「はい、わかりました。ありがとうございます。えっと、すみません……お名前教えてもらえますか？」

「あっ、俺はアーサーです。副料理長やらせてもらってます」

「ありがとうございます。アーサーさん」

「じゃあ、お嬢様の補佐に……あれっ？　どこ行った？　おーい、ベーン」

「あい、あーい。ここにいるっすよ～。なんすかー？」

「お嬢様がクッキーを作るから、ベン、補佐な」

「お嬢さんが？　クッキー？　マジっすか？」バシッ。

あっ、アーサーさんに、頭叩《たた》かれた。アニーちゃん、サラ、笑わないで……私まで、笑いそう。

「ふふふっ。はい、マジです!!　お父様たちを、ビックリさせたいんです。よろしくお願いします。えっと……ベンさん？」

「あっ、はい、ベンっす。わかりました。旦那様たちをビックリさせましょ、お嬢さん。じゃあ、パントリーへ、レッツゴー！」

「おぉー!!」

「ベンさん、お嬢様に悪影響だったんじゃ？」

「言うな、アニー。指示した俺が、一番後悔してる」

「でもお嬢様、前より楽しそう。あんなにニコニコして」

サラが初めてジョアンに会ったのは、ジョアンが一歳、サラが八歳。その頃からの付き合いだからこそ、クッキーを作ろうとするジョアンが、とてもイキイキとしてるのがわかった。洗礼式で倒れ、帰宅した時は本当に心配した。【無】属性判定に、ショックを受けたことが原因とも聞いていた。だから目を覚ました後に、また癇癪を起こすんじゃないかと誰もが警戒していた。旦那様たちでさえ。でも、違った……それどころか、上手《うま》く説明はできないが、お嬢様は変わった。好き嫌いをせず、早寝早起きをし、私たち使用人に対しての言葉遣いも態度も変わった。そして、自分から料理をしたいと言い出した……。

今も、ベンと一緒にパントリーに向かっている。後ろ姿からでも、楽しそうにしているのがわかる。旦那様と奥様からは、しばらくお嬢様のやりたいようにさせろ、と指示を受けている。私は、指示された通りにお嬢様に付き合うだけだ。でも少しだけ、以前とは何か違うお嬢様が、何をするのか楽しみなのは、自分だけの秘密。

初めて入るパントリーに、私は興奮した。床から天井まで、所狭しと食材が並んでいる。

キョロ、キョロ、キョロ……

「ぷっ。お嬢さん、そんなに珍しいっすか?」

「だって、初めて来た場所だもの。それに、こんなに食材があるなんて。こんなにあったら、色々作れそう」

「えっ?　色々ってなんすか?」

「あっ……実は、お父様に料理をしたいって言ったら、アフタヌーンティーに何か作って美味しければ、今後料理するのを許すって言われて……」

「マジっすか!?　じゃあ、今から作るクッキーって、テストみたいなもんじゃないっすかー」

「あっ、確かにテストですね」

「じゃあ、頑張らないといけないっすね」

「はい！　今後の私の人生の為に!!」

「っ！（マジ!?　人生かかってるテストなの？　俺、そんな重大なこと聞いてないんだけど）」

ベンさんが知らないどころか、アーサーさんにもアニーちゃんにも詳しい説明はしていない。後で、ちゃんと説明しないといけないわね。《報・連・相》は大事だわ。

「えーと、まずは材料を選ぶんすけど……。今後、料理をしていくんなら、材料をわかってないとダメっす。もちろん材料の良し悪《あ》しも。料理人ったって、ただ料理をするだけじゃないんすよ。（料理長からの受け売りだけど、料理をやるならやるで、ちゃんと教えないとな。でも、後で怒られたりしないよな？）」

ベンさんは、口調はチャラいけど、料理に関しては真面目だから、アーサーさんはベンさんを私の補佐に付けてくれたのかも。

「はい、わかりました」

「じゃあ、クッキーの材料を自分で探してみましょー」

「はーい」

材料は、小麦粉と砂糖とバター。バターはたぶん厨房の冷蔵庫、砂糖はコレで。小麦粉は……あら、粉類の区別がつかないわねぇ。パッケージに何も表記されてないしどうしましょ？　あっ、こんな時のスキル頼み！　【アシスト】のところに、無詠唱可能ってあったと思い出して（【サーチ】）と、心の中で呟《つぶや》く。薄力粉、中力粉、強力粉、片栗粉、コーンスターチ……さすが、一通り揃っているのね。

「はい、小麦粉と砂糖です。あとバターは冷蔵庫ですか？」

「せ、正解っす。やるっすね～。（すげぇー、小麦粉の区別つくって。俺、未だに間違うことあるのに、まぐれだよな？）」

「ありがとうございます、師匠！」

「し、師匠!?」

「はい。だって、これから色々教えてもらいますから。先生とかの方が良かったですか？」

「い、いや、じゃ、師匠で。……よし！　弟子よ。厨房に戻るぞ。これから、色々教えてやるけど俺は厳しいぞ」

ベンさんは、チャラくて真面目でチョロいわ。大丈夫かしら？　ウチの使用人たち。

「ふふっ。はい、師匠！」


厨房に戻りバターを見つけ、クッキーの材料は揃った。

「じゃあ、とりあえず俺は何も言わずに見てるから、自分で思うようにやってみな。でも、わからなくなったら言ってくれ」

あら、料理になったらチャラい口調が消えたわ。きっと、元々真面目な方だろうけど、コミュニケーションの為にチャラい感じを出しているのね。チャラ男を演じてるなんて、どこかの芸人さんみたいだわね。君、かわうぃーねーとか言っちゃう？

「はい、師匠！」

「「師匠ーっ!?」」

アーサーさん、アニーちゃん、サラが私たちの会話を聞いて驚いている。

「そうですよ。私が無理言って、教えてもらうんですから、師匠です」

「ただ今、ご紹介いただきました～師匠です」

と、胸を張るベンさん。

「お前なぁ～。知らないぞ、料理長が戻ってきたら――」

「ん？　俺が、どうしたって？」

「「「っ！」」」

休憩中だった、料理長のエイブさんが戻ってきた。エイブさんが戻ってきたので、クッキーを作ることになった経緯を説明した。

「「「……」」」

エイブさんだけではなく、興味本位でクッキーを作りに来たと思っていたらしいアーサーさんやアニーちゃん、サラも驚いていた。しかも今から作るクッキーで、私の今後が決まることになるとは、もちろん誰も考えてもいなかった。

「と、いうことで、ベンさんが私の師匠になりました」

「あはっ、なんか、さーせん」

全く悪びれた様子もなく、頭を掻《か》きながらベンさんが謝る。それを見て、エイブさんが溜息をついて言う。

「まっ、ベンは、料理に関しては優秀だから良いとして……、真面目な話、お嬢はクッキーを作って、今後どうしていきたいんだ？」

「私は、クッキーだけではなく料理でみんなに喜んでもらいたいの。私が【無】属性判定をされたことで、お父様たちには迷惑をかけると思うの。だから、私ができることを一生懸命にやっていきたいと思って……」

「料理で人を喜ばせたい……か。料理に対しての気持ちは、俺たちと一緒なんだな。よし！　わかった。もし、今から作るクッキーが上手くできて旦那様が合格と言うなら、俺も、ちゃんとお嬢が料理人になれるように見守ってやる」

「ありがとうございます。エイブさん」

「……いや、あの、お嬢、俺に『さん』付けはやめて下さいよ」

「じゃあ、師匠の師匠だから、大師匠？」

「いや、いや、いや、大師匠だなんて、とんでもない。それなら『さん』付けで良い」

「はい。エイブさん」

何はともあれ、クッキーを作ることに厨房のみんなが納得してくれた。これで、ようやく作り始めることができる。

「じゃあ、お嬢さん。作ってみて下さい。あっ、オーブンに入れるのは、俺がやるっすから」

「はい。じゃあ、始めます。まずは、バターをクリーム状にして、そこに砂糖入れて、混ぜる。んで、コレを三等分にして……」

「えっ？　なんで三等分にするんすか？」

「あっ、三種類作ろうと思って？」

あっ、報告し忘れてたわ。ちゃんと《報・連・相》するって約束したのに……。

「へぇ～。ちなみに、どんなの作るんすか？」

「プレーンと紅茶クッキーと塩チーズクッキーを」

「紅茶と塩チーズ？　食べたことないや。あっ、作業続けて良いっすよ」

「あっ、はい。プレーンは、このまま小麦粉をふるいながら混ぜる。紅茶は、小麦粉と一緒にふるって混ぜて、と。チーズはみじん切りして……」

「あっ、包丁使えるんっすか？　大丈夫っすか？」

「大丈夫です」

うぅ。側で見てる分にはいいけど、いちいち何か言われるのって気が散る。でも、五歳の貴族令嬢が包丁使えるとは思わないわよね。中身が八二歳だともね。

「で、チーズと小麦粉を混ぜて。あとは、形を整えて冷蔵庫で冷やす。あのぉー、冷えるまで、どうしましょう？」

「お嬢さん、手際良いっすね～。初めてとは思えないっすよ」

ベンさんが褒めてくれる。そりゃあ、子供や孫に何度も作っていたから……とは、言えない。

「でも、塩チーズの塩はどーするんすか？」

「あっ、生地を切った後、縁につけるんです」

「あ～、なるほどっすね～」

「お嬢様～、一旦休憩にしませんか？　お茶をお淹れしましたから。ベンさんも良ければ」

（サラが声をかけてくれた。ナイスタイミングよ、サラ）

クッキー生地を冷蔵庫で冷やし終わり、輪切りにしていく。塩チーズクッキーの縁には、粗めの塩をまぶした。

「じゃあ、焼くっすよ～」

ベンさんがオーブンに入れてくれる。

上手く焼けてくれますように、柏手を打ちたいぐらいだわ。

「師匠、お願いします」


二〇分後。

厨房に充満する、甘い匂い。

「できた――！」

「うん、上手に焼けてるっすよ。あとは、味っすね」

「はい。ではエイブさん、師匠、試食お願いします」

サクッ。

「うまっ！　うまいっすよ。お嬢さん。初めて塩チーズクッキー食べましたけど、塩とチーズの良い塩味が最高っす!!」

「こっちの紅茶クッキーも良い。紅茶なんて飲むぐらいで、茶葉を食べるなんて発想はなかった……」

ゴクリ。

「あっ、アーサーさんもアニーちゃん……あっ、ごめんなさい、アニーさんも」

「いえ、いえ、好きなようにお呼び下さい」

「はい、じゃあ、アニーちゃんも。サラも、食べてみて」

サクッ。

「うまい！」

「す、凄い美味しい」

「ん～、美味しいです。お嬢様～」

みんなに合格点もらったわ。これなら、お父様たちにも喜んでもらえるかしら？　あっ、あともう一つ作りたいものがあったんだ。

「あのぉ、エイブさん、師匠。もう一つ、作りたいものがあるんですけど……」

「何作るんだ？　お嬢」

「お母様の為に、ドライフルーツを作りたいんです」

「『ドライフルーツ？』」

「はい、ブルーツを乾燥させたものです」

「それって、うまいんすか？」

「はい、乾燥させることで味とか栄養とか凝縮して、長期保存ができるんです」

「お嬢は、どっからその情報を？」

「えっ、あっ、ほ、本です」

「お嬢さん、勉強熱心っすねー」

「んじゃあ、まぁ、物は試しにやってみるか？　おい、ベン、お嬢とパントリー行ってフルーツ見繕ってこい」

「わかりやしたー。じゃあ、行きましょ。お嬢さん。レッツゴー！」

「おぉ――！」

小走りでベンさんの後ろをついていく。

「お嬢って、もっとワガママっていうか、なんというか……。なんか、変わったな」

「確かに、なんか変わりましたよね。今まで厨房にも来たことなかったし、あんなに素直で、言葉遣いも丁寧じゃなかったですよ」

「私なんて、話しかけられたの初めてですよぉ。しかも、私のこと『アニーちゃん』って、微笑んでくれて……可愛かったぁ。キュンってしちゃいましたよー」

「うん、うん。最近のお嬢様は、可愛いんですぅ。キュンキュンするんですぅ」

「うん、まぁ、確かにな。頭を撫でたくなったな」

「はい、あの笑顔は可愛かったですね。つい、こうぎゅーってハグしたくなるような」

「アーサー、それは怒られるぞ」

今までとは、何かが変わったジョアンのことを話す三人の料理人と、自分のことのように胸を張る専属侍女が楽しく話していた。


「ハッ、ハッ、ハックショーン!」

「あははは。お嬢さん、豪快なくしゃみっすねー。大丈夫っすか?」

「大丈夫です。なんだろ? ホコリかな?」

パントリーで、フルーツを探す。

「で、そのドライフルーツとやらは、なんのフルーツでも良いんすか?」

「はい、大丈夫だと思います。でも、今日は初めてだから（果物の名前が日本とは違うかもねぇ
【サーチ】あっ、やっぱり）えーっと、このブレープとミランジ、プルーベリー、ナババ、アプリコッズを。（ぶどう、オレンジ、ブルーベリー、バナナ、あんずなんだろうけど、なんか惜しいわ）」

「よし、じゃあ俺が運ぶっすよ」

「ありがとうございます、師匠」

　また、小走りで追いかける。脚の長さが違うから、なかなか追いつかない。

「戻ったっす」

「おう、お帰り。で、できそうなフルーツはあったか？」

「はい、今回はこの五種類を」

　と、フルーツを見せる。

「んで、ドライフルーツってのはどうやるんだ？」

「えっと、ブレープは軸から外して、ミランジは皮のまま輪切りに、プルーベリーはそのまま、ナババは皮を剝《む》いて輪切りにします。アプリコッズは一度シロップ漬けにして一晩置くので、今日は下拵《ごしら》えです」

「よし、じゃあ、みんなでやるぞ。早くしねぇとアフタヌーンティーに間に合わねぇ」

　エイブさんの一声で、みんなで下拵えをした。

「でも、お嬢さん。こっから乾燥させるんなら、どっちみちアフタヌーンティーには間に合わねーんじゃね？」

「普通はそうですね。でも、ちょっと試したいことがあって」

「試したいことってなんすか？」

「えっと、ちょっと、このブレープでやってみます」

　ブレープの入った皿を、手に取ると……

「【ドライ】」

「「「「っ！」」」」

「このぐらいかな？　できましたー」

「なっ、なっ、なんだそれ――――っ!?」

「えっ、あっ、私のスキルの【ドライ】です。スキルの説明に、乾燥させるってあったからできるかなぁ〜って」

「「「スキル―――!?」」」

「お嬢、スキル使って料理する奴なんて、いねーぞ」

片手を額に置き、呆《あき》れたようにエイブが言う。

「えっ？　そうなんですか？　でも、便利ですよ？」

「いや、まぁ、そーっすけど……」

あれ？　ベンさんまで呆れてる？　なんでかしら？　だって料理は効率的に動きたいじゃない？

「でも、ともかく食べてみますね。んっ？　んーっ！」

「ほら、やっぱりまずか――」

「うっま!!　あっ、失礼しました。と、とても美味しいです。皆さん、試食して下さい」

私が勧めるとみんな恐る恐る、手に取り食べる。

「な、なんだこれー。味が凝縮してる！　お嬢、うまいぞ」

「うっまー！　生で食べるより、うまいっすよ」

「乾燥させただけなのに、なんで？」

「あっ、美味しいー」

「お嬢様、コレ止まらなくなりそうです」

（みんなにも大好評で良かった。それにしても、スキルって便利だわぁ〜）

その後、ミランジとナババも同じように乾燥させる。ブレープとミランジ、プルーベリーは少し水分を残して。ナババは、しっかり乾燥させてカリカリに。アプリコッズは、シロップごと一晩置いてもらい、明日乾燥させることにした。ついでに、ラム酒を見つけたから、ドライブレープを漬けてみた。なんちゃってラムレーズンができるはず。

（あとは、お父様たちが食べて、どう思うかだわねぇ。気に入ってくれると良いんだけどねぇ）


今日は天気がいいから、テラスでティータイムとなった。私は、エイブさんに手伝ってもらいながら、ワゴンで作ったものをテラスに運ぶ。

ガラガラガラ……。

（こうやって、ワゴンで運んでいると、新幹線の売り子さんみたいだねぇ。『お茶に、お弁当、お菓子、お土産《みやげ》はいかがですかぁ～』って、言いたくなるわぁ。そういえば、新幹線のアイスクリームって、なんであんなに硬いんだろうねぇ）

と、余計なことを考えながら、テラスに到着。さぁ、テストの開始だ。

「大変、お待たせいたしました。今日は、クッキーを三種類とドライフルーツを作ってみました」

「ほぉ～、クッキーを三種類も作ったのかい？　それは、楽しみだね」

「ドライフルーツって、何かしら？」

「ジョアンの初めての手料理だね。早く食べてみよう！」

「早くっ、早くっ！」

（うぅー、ここまで期待されるとドキドキするわ）

「で、では、お、お召し上がり下さい」

「ふふっ、ジョアンってば緊張しすぎよ」

（お母様はそう言うけど、それはいくら中身が八二歳でも、色々と心配で心臓が口から出そう）

私がドキドキしてる中、お父様が率先して食べてくれる。

「では、プレーンのクッキーから。……うん、うまいな。バターが利いているが、そこまで重くない」

「えぇ、とても美味しいわ」

「これなら、ずっと食べていられるよ」

「うん、うまい、うまい！　店で売ってる物より、俺はコッチの方が好きだなぁ」

基本のプレーンクッキーは好評。あとは、食べたことのないだろう紅茶と塩チーズ。

「で、こちらのクッキーはどんなだい？」

「こちらは、紅茶の茶葉を入れたクッキーです」

「まぁ、紅茶味のクッキーなんて初めてだわ」

「僕もだよ。紅茶は飲むだけだと思ってた」

サクッ。

「これは、良いな。クッキーの甘さに、茶葉の苦味が良い」

「食べると、鼻に抜ける紅茶の香りが良いわ」

「んー。美味しい！」

「うまっ!!」

紅茶のクッキーも高評価。

「最後は、塩チーズクッキーです。他のクッキーより塩味が利いているものです」

「クッキーに塩チーズなんて、想像できないな」

サクッ。

「これは、うまいな！　お菓子としても良いが、酒のつまみとしても合うだろうな」

「本当ね、ワインに合いそうだわ」

「これは、これで良いね」

「俺、これが一番好きだな。ジョー、これ寮に持っていきたい！」

「うふふっ。はい、わかりました。喜んでもらえて嬉しいです。ノエル兄様とジーン兄様の為、明日までに準備しますね」

「「やった――！」」

　残るは、ドライフルーツ。お父様たちにも、受け入れてもらえると良いけど……。

「こちらがドライフルーツでございます」

　ブレープ、ミランジ、プルーベリー、ナババを少量ずつ皿に盛りつける。

「これが、ドライフルーツ……。乾燥させたフルーツ？　失敗では？」

「乾燥させたフルーツなんて、食えるのかよ」

　お父様もジーン兄様も、信用していない。確かに見た目は良い方ではないから。

「はい、もちろん失敗ではありませんし、食べられます」

「ねぇ～、ジョアン。フルーツを乾燥させることになんの意味があるのかしら？」

「はい、生のフルーツを乾燥させることで、味や栄養が凝縮されて長期間保存ができるんです。フルーツの種類にもよりますが、シワや老化予防、ダイエット中でも――」

「なんですって？　シワに老化予防？　しかもダイエット？」

　食い気味で聞いてきたお母様がドライフルーツを凝視してる。

「は、はい。例えば、ブレープは美肌に、ミランジは疲労回復、プルーベリーは眼精疲労回復、ナババは便秘解消に良いんです」

「疲労回復……」」

お父様とグレイまでドライフルーツをジッと見ている。

「これで美肌になれる」

お母様が既にドライブレープを持っている。

「これで、僕の眼精疲労回復。もしかしたら、眼鏡《めがね》も外せるようになるかも」

ノエル兄様、本の虫だから。でも、眼鏡外せるぐらい視力は回復しないかと。あくまでも、疲労回復だから。

「便秘解消……」

ジーン兄様、口内炎と同じで野菜不足よ。

「では、食べてみて下さい」

モグモグ。

「「「っ！」」」

「これは、うまい。乾燥してるが、程よくしっとりしていて生で食べるより、味が濃い」

「美肌、美肌、美肌……」

お母様、怖い。

「これなら、本を読みながらでも食べられるね」

「うっまっ！　ナババ、カリカリでうまい！」

「ふーっ。ジョアン、とても美味しかったよ。クッキーは色々な味を楽しめたし、ドライフルーツはおやつとしても、おつまみとしても良いかもしれないね」

「ジョアン、頑張って作ってくれて本当にありがとう。ドライフルーツは、どれも美味しかったわ」

「美味しかったよ、ジョー。愛する妹の手作りっていうだけでも価値があるのに、こんなに美味しいなんて、僕幸せだよ」

ノエル兄様、それは彼女さんに言う言葉では？

「ホントうまかったよ。明日、学院行く前にクッキーもお願いな。あと、ナババのドライフルーツも欲しいんだけど……無理だよな」

ジーン兄様、野菜食べなさいよ。本当に野菜嫌いも、ルタそっくりだわ。

「ジーン、無理に決まってるだろ？　もう、日も暮れてくるのに乾燥させられるわけないだろ？」

あっ、スキル使ったの言ってないわ。

「えっとー、ドライフルーツ作ったのは、天日干しじゃなくて、その……スキルを使いました」

「「「はぁ――――!?」」」

「どういうことだい、ジョアン？」

「どうやって？　どうやって、できたの？」

ノエル兄様、圧が強い。

「あっ、じゃあ実際にやってみます。少々、お待ち下さい」

サラにパントリーから、ブレープを一房持ってきてもらい、先ほどと同じようにスキルを使う。

「【ドライ】……できました」

「規格外のスキル……」

お父様、ゲンドウポーズになってるわ。

「す、凄いよ、ジョアン。僕の妹は最高だ――!!」

ノエル兄様、立ち上がって叫ばなくても……。

「じゃあ、ジョー、ナババのドライフルーツもお願いできる?」

「はい、明日までに準備しますね」

クッキーもドライフルーツも大好評だったアフタヌーンティータイムが終わり、今後、正式に料理をしても良いと許可をもらった。その後、追加で家族分と、噂《うわさ》を聞いた使用人たちの為にドライフルーツを量産した。でも、まさか、私の作ったドライフルーツであんなことになるなんて、この時、誰も気づいていなかった……。

第五章　カミングアウト

アフタヌーンティータイムが終わり、私は急いで厨房に向かった。

パタ、パタ、パタ……。

「お嬢様～。走っちゃダメですってー。ちょっと、待って下さいよー」

バンッ！　厨房の扉を思いっきり開けた。

「「「うわっ!!」」」

「ご、合格もらえました――。また料理を作っても良いって、許可もらえました」

「おう、良かったなぁーお嬢。色々教えてやるからな」

私の頭を撫でながら優しく言うエイブさん。強面《こわもて》なのに、優しいなぁ～。

ぎゅっ。

「お嬢様おめでとうございます。本当に良かったですね」ぎゅっ。

優しくハグをしながら祝ってくれる、アーサーさん。……あっ、エイブさんに、叩かれた。

「お嬢様、また一緒に料理できるんですね？　良かったです」

きゅっと私の手を握ってくれて、嬉しいことを言ってくれるアニーちゃん。

「お嬢さん、これからも俺がビシバシ指導してやるよ」

「はい、お願いします。師匠」

「はぁ、はぁ、お嬢様、走ったらダメですって。ハァハァ……グレイさんに怒られますよ！」

「ご、ごめん。もう走らないから、グレイには内緒で」

グレイには怒られたくない。

「「「あははは――っ」」」

✦✦✦

スタンリーの執務室。

「なぁ～ジョアンが変わったように思えるのは俺だけか？」

モグモグ。

「いいえ、スタン。私もそう思うわ。以前のジョアンとは、何かが変わった気がするの。ワガママを言わなくなったし、癇癪を起こさなくなったわ」

モグモグ。

「それだけではないよ、スタン。私たち、使用人に対しての接し方も変わった。今までお礼を言ったり、頭を下げたりはしなかった。なんだったら、やってもらうことを当たり前に思っていたぞ」

モグモグ。

「だよなぁ～。洗礼式で倒れてから、なんか変わったよな。まぁ、良い方に変わったような気がするんだけど……。しかも、俺たちでさえ知らないようなクッキーやドライフルーツやら、どこから知識を得たんだ？」

モグモグ。

「サラが言うに、本から学んだと言っているらしいが、屋敷の図書室にはそんな本はないぞ。お前だって、買ってないだろ？」

モグモグ。

「だよなぁ～」

モグモグ。

「それとね、スタン。あの子、口調が変わったと思わない？　今までは『私《わたくし》』と言っていたのに、『私《わたし》』になっているし、食事の前は必ず『いただきます』って言うじゃない？」

モグモグ。

「確かに、あの『いただきます』はどうして言うんだろうな？　もう少し、様子を見てみるか」

モグモグ。

「そうね。使用人たちにも、あの子のことで気がついたことがあれば、報告するように。お願いね、グレイ」モグモグ。

「かしこまりましたよ、奥様」

「それにしても、マギー食べすぎじゃないか？」

「だって、美肌よ？　それに便秘解消もするっていうじゃない？　食べないわけには、いかないじゃない？　それに、私のことばかり言ってるけど、貴方たちもじゃない。しかも、二人揃ってミランジばっか。どんだけ疲れてるアピールよ」

「いや、だってなぁ～。疲れてるのは確かだぞ。なぁ、グレイ」

「俺に振るなよ。俺はスタンとマギーが、ちゃんとやってくれれば疲れないんだよ。なのに、二人して……早く仕事しろ！」

この三人、スタンリー、マーガレットが貴族、グレイが平民だが、スタンリーとグレイは幼馴染《なじみ》で元々仲が良かった。さらに魔物討伐団と魔術師団として遠征などで共に戦ったこともあり、マーガレットとも旧知の仲。戦友とも言える。だから、表向きは主従関係でも、三人だけの場合は昔の時のように、口調も態度も戻り、友としての付き合いをしていた。


「いやぁ～でも、本当に良かったな、お嬢」

エイブさんが自分のことのように、喜んでくれる。

「はい、それもこれも、皆さんのおかげです」

「んなことないぞ。紅茶や塩チーズのクッキー、ドライフルーツなんて、俺たちは思いつかなかったんだ」

「それでも、快く厨房を使わせて下さったんですから、感謝してます」

「おう、そうか。じゃあ、夕食はお嬢の食べたいものにしようか」

「やったー！　じゃあ、私が作りたいものでも良いですか？」

「何作れんだ？」

「えーと、冷蔵庫とパントリーを見ても良いですか？」

「おう、良いぞ。ん、じゃあアニー見せてやれ」

アーサーさんとベンさんは休憩の為、厨房にはエイブさんとアニーちゃんだけだった。

まずは、冷蔵庫を見せてもらう。冷蔵庫とはいっても、ちょっとした小部屋のようなものだ。

「えーっと、お肉は……豚と鶏《とり》がある。卵、ハム、ベーコン、ソーセージ、あっ、エビもある。アニーちゃん、野菜はどこですか？」

「お嬢様、私に敬語はいらないですよー。野菜は、こっちです。根菜類は、パントリーですけど」

「そう？　ありがとう、アニーちゃん。(【サーチ】)トメット、キャベッジ、レタシ……(トマト、キャベツ、レタス……果物と同じで、名前が惜しいわ……)」

「お嬢様、何を作るんですか？」

私も名前で呼ばれたいけど、令嬢と使用人じゃだめよねぇ。「お嬢様」って何か、壁があるのよねぇ～。

「えーっと、パントリー見てからだけど、トンカツとサラダとエビのスープにしようかと」

「トンカツ？　なんですか、それ」

「えーっと、豚肉をパン粉で揚げたもの」

「パン粉？　なんですか、それ」

「……後で、作る時に見せるね」


パントリーに移動して、物色する。

「(【サーチ】)ジャガト、キャロジン、タマオン……(じゃがいも、にんじん、玉ねぎ……ここまでくると、笑えてくるわ)、よし！　決まった」

「さっき教えてくれた、トンカツですか？」

「うん、トンカツとジャガトサラダ、エビのスープにする」

「じゃあ、料理長のところに行きましょう」

厨房に戻ってエイブさんに、メニュー決定を報告する。

「エイブさん、トンカツとジャガトサラダとエビのスープにする……します」

アニーちゃんに、タメ口で話してたから、ついエイブさんにまで話しそうになったわ。

「お嬢、俺に敬語なしでいいんだぞ。俺だって、お嬢に敬語使ってないしな、アハハハハ」

「じゃあ、ありがとう、エイブさん」

「おう、んで、なんだ？　そのトンカツってのは。俺、知らねー食べ物なんだけど」

「えっと、豚肉に小麦粉、卵、パン粉をつけて揚げたものだよ。あっ、パン粉っていうのはパンを削って出た粉のこと」

「ふーん、まっ、お嬢が知ってんなら良いが……うまいのか？」

「もちろん、うまい！」

自信を持って言える。なんなら、きっとエイブさんはガッツリ系が好きだからハマるはず。

「あはは、じゃあ、やるか」

「「おーっ！」」

アニーちゃんと声が揃い、二人で笑い合っているとアーサーさんとベンさんが戻ってきたので、みんなで夕食作りをする。

「今日の夕食は、トンカツ、ジャガトサラダ、エビのスープ、だそうだ。じゃあ、お嬢、作り方を教えてくれ」

「はい、まずトンカツはパン粉が必要なので、グレーターでパンをチーズのようにおろします。で、エビのスープはエビの殻と頭を使うので捨てないで下さい。サラダはマヨネーズを作ります」

「「「マヨネーズ？」」」

「はい、卵と酢と油で作ります。……やってみますね。卵は黄身だけ、そこに塩胡椒《こしょう》を少々と酢を入れて、混ぜる。そこに、油を少しずつ入れながら混ぜ、入れて混ぜの繰り返しで出来上がりです」

五歳の腕力では難しいので、ベンさんに混ぜてもらう。

「これ、なんで黄身だけ？　全卵だとダメなんすか？」

「ダメじゃないけど、腕が疲れると思って。ハンドミキサーでもあれば楽だけど」

「ハンドミキサーって？」

「あーえーと、混ぜる機械。その……泡立て器が自動で回るやつ？」

「何それ、超便利じゃん。どこにあんの？」

「知らない……」

「あ――。じゃあ、今は頑張るしかないか」

マヨネーズ完成。

「じゃあ、試食はこのスティックにしたキュウカン（きゅうり）でどうぞ」

ポリッ。

「「「っん！」」」

「なんだこれ、うますぎる」

「病みつきになりそうだ」

「うっまっ!!　止まらないっす！」

「お嬢様〜、美味しすぎです」

良かったー。久々の手作りマヨだから、失敗しないかドキドキしたわ。私的には、スティックキュウリには味噌《みそ》マヨが一番だけど、味噌ないし。どっかに売ってないかしらねぇ。

「じゃあ、マヨネーズができたから、トンカツを作ります。その間に、ジャガトを茹でておいて下さい」

「じゃあ、俺がジャガトサラダ担当ってことで、ジャガト茹でとくっすね」

「あっ、担当決めた方がいいんだ。じゃあ、トンカツはエイブさんとアニーちゃん。ジャガトサラダは師匠。エビのスープはアーサーさんで。エビは剝いたら身はトンカツと同じエビフライにしますんで、エイブさんのところにお願いします」

「はい、わかりました」

「じゃあ、トンカツを始めます。まず、豚肉を厚さ五ミリぐらいに切って、すじを切ります。そこに塩胡椒を少々。次に小麦粉を薄くつけて、溶き卵をつけて、パン粉をつけます」

「あっ、お嬢様、パン粉は作っておきました」

「ありがとう、アニーちゃん……」

「ん？　どうした？　お嬢」

「あの、そのお嬢様って呼び方、なんか壁があるなぁって思って。せっかく料理を一緒にするのに……名前じゃあダメ？」

「いやぁーさすがに、それは難しいって」

エイブさんは頭を掻きながら困ったように言う。

「じゃあ、お父様から許可もらったら良い？」

「まぁ、旦那が良いって言ったなら。まあ」

「じゃあ、後で聞いてみるー。あっ、続けまーす。トンカツは今、説明した通りで。後で来るエビも同じように衣をつけるんだけど、下処理として、塩と片栗粉でもみ洗いをする。これすると、エビの汚れが落ちるから。終わったら、エビのお腹側に切り込みを入れて、塩胡椒を少々」

「お嬢様、なんで切り込みを入れるんですか？」

「それしないで揚げると、丸まっちゃうから」

「お嬢、よく知ってんな」

「あー、本で」

「ふ～ん、本ねぇ～」

あっ、ヤバい、そろそろ本の知識じゃないってバレるかしら？　でも、前世の記憶を持っているっていうのは、まずお父様に話してからよねぇ～。言うならさっさと言っちゃいましょう。隠すのも面倒だし、まぁ、なるようになるでしょ。

「で、エビフライにはタルタルソースが欠かせないので、タルタルソースも作ります」

「「タルタルソース？」」

「はい、茹で卵とピクルスとマヨネーズを混ぜた《悪魔のソース》です」

「悪魔？　それが、欠かせないのか？」

「はい、必要不可欠です。と、いうことで茹で卵お願いします、アニーちゃん」

敬礼をしながらアニーちゃんに頼む。

「あっ、了解しました」

アニーちゃんも敬礼しながら答えてくれる。

「「ふふふふっ」」

また、二人で笑い合う。

「楽しそうですね」

アーサーさんが剝き終えたエビを持ってきた。

「ありがとう、アーサーさん。じゃあ、トンカツとエビフライはエイブさんとアニーちゃんに任せます」

「おう、わかった」

トンカツとエビフライを任せて、次はエビのスープ、エビのビスクを作る。

「じゃあ、スープ作ります。まず、タマオンとガーニック（にんにく）を薄切りにして下さい」

その間に、私はエビの頭と殻を入れて炒《いた》める。

「できましたよ、お嬢様」

「ありがとう。じゃあ、ここに、タマオンとガーニックを入れて下さい。塩、胡椒して、っと。あっ、白ワインを準備してほしいのと、トメットのみじん切りをして下さい」

「了解です」

タマオンがしんなりしたら、白ワインを入れて水分がなくなるまで強火。水とトメットのみじん切りを入れて中火。沸騰したら、アクを取って蓋をして弱火で一〇分。汁気が半分ほどになったら火から下ろす。粗熱取れたらスープと殻を分けて、殻は少しのスープと一緒にすりこぎで潰して裏ごし。

ふーっ、説明しながらって大変だわね。あとは、アーサーさんに任せよう。次は、ジャガトサラダね。

「師匠、どうですか?」

「あっ、お嬢さん、ナイスタイミング。今、茹で上がったところっす」

「じゃあ、ジャガトを潰しまーす。私が潰してる間に、タマオンとキュウカンを超薄切りにして、塩ふっておいて下さい。で、水出てきたら絞って下さい。あと、ハムを短冊切りでお願いします」

「了解っす」

あとは、ジャガトの粗熱取れたら切ってもらったもの全部とマヨネーズ入れて混ぜるだけ。

孫たちは、これにリンゴ入れたポテトサラダが好きだったわねぇ。

「あっ、お嬢様～。茹で卵剝き終えましたよ」

「ありがとう、アニーちゃん。じゃあ、茹で卵とピクルスをみじん切りしてくれる？」

「はーい」

これも、切ってもらったものとマヨネーズを混ぜるだけ。

簡単なのに、悪魔のソース……。太るのよねぇ、美味しいけど。醬油《しょうゆ》さえあれば、チキン南蛮とか最高なのよねぇ。グレイに醬油と味噌を探してもらわなきゃ……。

説明は全部したから、みんなが作業してる間、ちょっと休憩する。やっぱり、五歳の身体は体力がない。後で、お酒を見せてもらってお父様たちにカクテルでも作ってあげようかしらねぇ。私も吞《の》めるなら吞みたいけど、さすがにダメね………。

「あぁーあ、お嬢さん、疲れちゃったみたいっすね」

「そりゃ、いつもならお昼寝の時間だろ？」

「お嬢様、笑顔も可愛いけど、寝顔も可愛いですね～」

「あ、俺、抱っこしておきましょうか？」

バシッ。

「いたっ……」

「だ・か・ら、お前はすぐ抱きしめようとするな！　あっ、もしかして、お前、ロリコンか？」

「っ！　ち、違いますよ――！」

「アーサーさん、しーっ！　静かにしないとお嬢さん、起きちゃいますって」

「あっ、ごめん。……違いますよ。お嬢様だけです」

「「っ！」」

「……お前、あとでグレイさんに怒られろ」


ハッとして起きると、みんなの作業も終わって私の周りでお茶をしていた。いつの間にか寝ちゃってたわ。申し訳なさすぎる。

「ご、ごめんなさい……」

「いや、気にすんな。いつもは昼寝の時間だったろ？」

「あっ、そういえば……」

「あれ？　お嬢さん、忘れてたんすか？」

「えへへっ、料理が楽しくて」

「もう、大丈夫なんですか？　もし良かったら、俺が――」バシッ。

なぜか両手を広げたアーサーさんがエイブさんに叩かれた。

あとは夕食前に揚げるだけのトンカツとエビフライを試食の為、一つずつ揚げてみる。トンカツはソースがないので塩で、エビフライはタルタルソースで。ジャガトサラダとエビのビスク風スープも少量ずつ試食する。

サクッ。

「うまい！　衣をつけて揚げるだけで、肉汁がスゴい」

「エビフライも美味しいです。プリップリですよ。このタルタルソースをつけると、無限に食べられそうです。さすが《悪魔のソース》！」

「お嬢様～。ジャガトサラダも、初めて食べますけど、タマオンとキュウカンの食感が良いです。マヨネーズも病みつきになりそうですぅ」

「お嬢さん、スープもうまいっす。いつも捨てる頭と殻からこんなに味が出るなんて、今までもったいないことしてたっすよー」

うん、どれも美味しくできたわ。ビスクなんて、久々だからねぇ。しかも、いつもブレンダーやフードプロセッサーを使っていたから、上手くできるか心配だったのよねぇ。

「成功ですか？」

恐る恐るみんなに聞いてみる。

「もちろんだ！　大成功だ」

「良かった～。じゃあ、夕食は完成ですね。なら、ちょっと作りたいものがあるんですけど……」

「おう、なんだ？」

「お父様たちに、アフターディナーティーで飲むカクテルを作りたいんですけど」

「ん？　カクテルってなんだ？」

「えーっと、お酒とお酒やジュースを混ぜたもの？」

「酒を混ぜるのか？」

「はい。あと、おつまみを何点か作ろうかと」

「五歳の知識じゃあねーな」

「えへへっ」

さすがに八二歳の知識とは言えない。こんな時は、笑って誤魔化す。

「よし、じゃあ一度作ってみろ。まずは、セラーに行くぞ。よっと」フワッ。

エイブさんに片腕だけで抱っこされた。急に目線が高くなったことにも驚いたけど、八二歳の私としては恥ずかしい。

「お、重くない？」

「お嬢なんて、軽い軽い。ここで働く前は、旦那とグレイさんと一緒で、魔物討伐してたんだ。だから、全然余裕だ」

「えっ、そうなの？　グレイもなの？」

エイブさんは、それっぽいって思ったけど、グレイもだなんて……人は見かけによらないことがわかった。

「あぁ、そうだぞ。知らなかったか？　他にもウチの私兵団にもいるし、使用人にも元団員いるぞ？」

「えぇー!?　知らなかった」

へぇー、私兵団、あるんだ。まぁ、辺境伯だもんなぁ～あるか。今度、誰が元魔物討伐団か聞こうっと。


セラーは、パントリーの奥にある扉の中だった。ここもまた、綺麗に整頓され所狭しと色々な酒が並んでいた。しかも、スゴい量で。

「こ、こんなにあるの？」

「おう、旦那も使用人も酒呑みが多いからな」

(【サーチ】)

「ジン、ラム、ウォッカ、テキーラ、ウイスキー、ワイン……スゴい、色々と揃ってる」

「お嬢、すげーな。子供のくせに、酒がわかんのか」

「あっ、まぁ」

まさか、呑んでいたなんて言えない。しかも、スキルのこともエイブさんに話して良いのかわからないもの、今は誤魔化すしかないわ。

「で、そのカクテルってヤツはできんのか？」

「これだけあったら、色々できるよ。ちなみに、お父様はどんなお酒好きか知ってる？」

「旦那はなんでも呑むが、甘口より辛口の方が好きだな」

「じゃあ、エイブさんは？」

「俺は、アルコール度数が強いのだな。あははっ」

間違いなく、酒に強いな。

「じゃあ、今日はジンをベースに作ろうかな」

「よし、じゃあ戻るぞ」


厨房に戻ってきた私は、ようやく下ろしてもらってカクテルを作る。カクテルを作ろうとして気づいた……シェイカーがない。混ぜる為にも、冷やす為にも、酒のカドをとって飲みやすくするにも必要なのに。何か代用できないかキョロキョロと探す。あっ、これならイケるかも。

「これ、使ってもいい？」

「えっ？　ピクルスの入っていた瓶だけど、何に使うんだ？」

牛乳瓶よりも二回りほど大きく、厚めのガラスでできていて、蓋もガラス。クンクン……匂いもない。よし！　イケる。

「カクテルをシェイク、振るのに使うの」

「お、おう。なんだか知らないがいいぞ。あっ、念の為【クリーン】しとくか？」

「ん？　【クリーン】？」

「あぁ、洗浄って言えば良いか？　おい、アーサー【クリーン】頼む」

「わかりました。【クリーン】。はい、どうぞ、お嬢様」

「わぁ～スゴい。アーサーさんのスキル？」

「そうですよ。魚を使う時も、一度クリーンをして虫をなくすんですよ」

「わぁ～便利。これなら安心ね。ありがとう、アーサーさん」

「どういたしまして、いつでも言って下さいね」

シェイカーの代用品も見つかった。

「じゃあ、今日はジンベースのカクテルを作ります。えーっと、ジンとレイム（ライム）ジュースを3対1、氷を入れて、振る……お、重い」

「お嬢、貸せ。これを振るんだな」

「はい、上下に振って下さい」

さすがに瓶のシェイカーは重かったので、エイブさんにお願いすることにした。

「どのくらいだ？」

「瓶の表面が冷たくなったら終わりでいいです」

「できたぞ。完成か？」

「はい。《ギムレット》の完成です」

「味見していいか？」

「はい。アーサーさんも。師匠は、飲める？」

「飲めるっすよ。一八っすから」

この世界では、一六歳から成人だった。あと、一一年は作るだけ。しょうがないから、明日のラムレーズンもどきで我慢するかねぇ。

「うまいな、このギムレットってやつ」

「そうですね。レイムジュースでさっぱりとしてます」

「お嬢さん、うまいっす。お代わりして良いっすか？」

パシンッ。

あっ、今度は師匠が叩かれた。

「ベン、まだ仕事中だ。終わってから飲め。……俺だって、我慢してるんだ」

「おつまみも、作って良いですか？」

「何作るんだ」

「今日は簡単に、カリカリチーズを」

そう言って、冷蔵庫からプロセスチーズを出して五ミリぐらいに切る。それをフライパンで両面焼くだけ。あ～ら、簡単。おつまみの出来上がり～。

「どうぞ、食べてみて下さい」

「んー、これは酒に合う！」

「こんなに簡単なのに、うっまっ」

「お嬢様～、美味しいですね～」

カリカリチーズはアニーちゃんも試食できるから、喜んでもらえた。

「じゃあ、アフターディナーの前に作って持っていけば良いか？」

「でも、その時間、使用人の皆さんの夕食ですよね？　私が持っておきます」

「ん？　持っておくって、今作ったら、カクテルは温《ぬる》くなるし、チーズは冷めて美味しくないだろ？」

「あっ、えーっと……コレがあります」

「コレ？　どれ？」

「えーっと、【ストレージ】」

目の前に、ポッカリ穴が開いた。

「うおっ!?　お嬢、ストレージも持ってんのか」

「でもお嬢様、ストレージって収納できるだけだから、やっぱりカクテルは温くなるし、チーズは冷めて美味しくなくなりますよ？」

「あっ、あの、私のストレージ、時間停止機能付きなんで」

「「はぁ――――――っ!?」」

「あの～、そのストレージってなんですか？」

アニーちゃんが聞く。

「あー、ストレージってのは空間収納っていって、何もないところに色々収納できるんだけど、普通、時間停止ってのはできないから、冷えてるカクテルを入れたら温くなるし、熱々のチーズも冷めて硬くなるんだよ。普通はな、普通は！」

エイブは、頭を掻きながら言う。何度も、普通って言わなくて良いじゃないのよ。まるで私が普通じゃないみたいよ、その言い方だと。や～ねぇ～。ってか、普通って何よ？

「だが、ストレージのもっと性能がいいスキルに、ストレージSってのがあって、それだと時間停止機能がついてるんじゃないのか？　で、お嬢はそれなんだろ？」

「はい。ストレージSです」

「お嬢様、スゴいですねぇー」

「えへへへ」

普通じゃないって言われても、褒められるのが嬉しいのは五歳の身体だから。……ということにしておこう。

「ということで、私のストレージに入れてお父様たちに出しますね」

「お嬢さん、お父様たちって、誰っすか？」

「お父様とお母様とグレイ」

「なんでグレイさんもなんすか？」

「ん〜賄賂？」

「なんで、賄賂なんだ？」

「だって、きっとお父様とお母様の次に怒らせたらいけない人だから？」

「「ぶっ！」」

エイブさん、アーサーさん、ベンさんが吹き出す。

「「あっははは——っ」」

「間違いないなっ」

「確かに怒らせたらいけない人です」

「さすがっす、お嬢さん」

あれ？　私、間違ってないわよね？　グレイってば、笑顔でも目が笑ってない時あるし、笑顔でお父様に仕事させるし。私の経験上、怒らせたらいかん人よ。上司にもいたもの。普段、温厚そうな人が怒りマックスになると、怖いのよねぇ。いつも怒っている人の方が、単純でわかりやすいのよ。


ディナータイム。

ダイニングにみんなが集まってくる。今回は夕食作りを手伝った、私が一番乗りだった。

「サラ、みんな喜んでくれるかな？」

「もちろんですよ、お嬢様。私も、早く食べたいですもの」

ガチャ。

「うふふ。私も早くサラたちにも食べてもらいたいわ」

お兄様二人がやってきた。

「おっ、今日はジョーが一番乗りだったんだね」

「どうした？　そんなにニコニコして」

「今日の夕食は、私が一緒に作ったの」

「「えー──っ！」」

「ジョーが作ったの？」

「なに？　なに？　今日のメニュー」

「うふふ。来てからのお楽しみです」

「「えー──っ」」

ガチャ。

「どうした？　三人とも」

「なんの話をしていたの？」

お父様、お母様、グレイがやってきた。

「父様、今日の夕食、ジョーが作ったんだって」

「「えっ!?」」

「本当なの？　ジョアン」

「はい、お母様。私が料理人の皆さんと一緒に作りました」

「じゃあ、楽しみだな」

みんなと話していると、夕食が運ばれてきた。

「今日のメニューは、トンカツとエビフライ、ジャガトサラダ、エビのスープです」

もちろんジャガトサラダの下にはレタシを。プチトメットもつけた。だから、今日のサラダは、緑一色ではない。私は虫では、ないのだ――！　と、大きな声で言いたい。

「トンカツ？　エビフライ？　なんだ、これは？」

「豚肉とエビに衣をつけて揚げたものです。熱いうちに食べて下さい」

「おっ、そうだな。じゃあ、いただこう」

サクッ。

「うっ、うまい！　衣？　がサクッとして、豚肉がジューシーだ」

「ええ、エビフライ？　も美味しいわよ、スタン。このソースつけると、更に美味しいの。このソースは何かしら？」

「タルタルソースといって、茹で卵とピクルスとマヨネーズを混ぜたものです。あっ、トンカツとエビフライに、横に添えてあるリモン（レモン）を絞って食べると、さっぱりしますよ」

「スープも美味しいよ、ジョー。エビの味が濃いね」

「ありがとうございます、ノエル兄様。エビの頭と殻から作ったんです」

「えっ？　頭と殻って、ゴミじゃないの？」

「違いますよ。現に美味しいスープになってるでしょ？」

「ジョー、ジョー、このサラダ、最高だよ。美味しいし、彩り綺麗だね。いつも緑一色で、味も塩だけだったのに。それに俺、ジャガトはボソボソして嫌いだったのに、これは好き！　何で味付けしてんの？」

「ありがとうございます、ジーン兄様。ジャガトサラダもマヨネーズで味付けしてるんですよ」

パンはいつも通り硬かったけど、それ以外は大好評だった。でも気になったのは、談笑しながら食事をしている子供三人をよそに、お父様とお母様が時折り小声で話をしていることだ。何より一番に聞かれるかと思ったマヨネーズについて、何も聞かれない。間違いなく、私を怪しんでいる。カクテルを出したら、なおさら変に思うはず。スキルがチートすぎた段階で言えば良かった。覚悟を決めよう。アフターディナーティータイムで、前世の記憶を持ってること話そう。気持ち悪がられてもしょうがない、だって現実なんだもの。まぁ、なんとかなるでしょう。


アフターディナーティータイム。

リビングに移動する。覚悟を決めたものの、やっぱり正直に話すのは勇気がいる。ソファに座れず、扉の前でモジモジしていると……

「どうした？　ジョー。一緒に行こう」

心配したジーン兄様が、側に来て手を握ってくれる。それだけで安心する。ジーン兄様に連れられて、お兄様たちの間に座る。二人とも近い。ここだけ、ぎゅうぎゅうしてる。

「ジョーどうしたの？　さっきまで元気だったのに」

ノエル兄様も心配そうに話しかける。

『自分に都合が悪いことは早めに報告しろ！　そうじゃないと、後々問題になった時、お前を助けることができない』と、勤めていた頃の上司から散々言われた。今がその状況だ。頑張れ、私!!

膝の上で両手を握りしめ
「あの、話さないといけないことがあって……。驚かないで聞いてもらえますか？」

四人がお互いの顔を見交わしたが、再び私の方を見て同時に頷く。

「……私、洗礼式で倒れた時に……前世の記憶を思い出したのです。前世は、ここことは違う世界でした。魔法はないけど、こちらで言う魔道具が色々と発展していて不便なく過ごしていました。なかなか話せなかったのは、みんなに気味悪がられると思って……」

話しながら、静かに涙が流れ落ちる。それを、そっとノエル兄様が拭いてくれる。ジーン兄様は背中を優しく撫でてくれる。

「そうか。それで、私たちが知らないことを、色々知っていたんだね。おいで、ジョアン」

お父様とお母様の間に座る。お母様が優しく抱きしめる。お父様も頭を撫でてくれる。

「ねぇ、ジョアン。前も話したけど、どんなジョアンでも、私の愛する娘よ」

「うぅ……ありがとうございますぅ。でも、気味悪くないですか？」

「ジョアンは知らないんだな。この世界には、前世持ちの人間は、今までもいたんだよ」

「「「えっ!!!」」」

それに関しては、お兄様たちも知らなかったようだ。

「魔道具師でも有名な人が、前世の記憶で色々と便利な魔道具を作ったり、武官として国を守っていた人が、色々な戦いで戦果を上げたり。だから気味悪いことはないし、なんだったら前世の知識で周りから敬われる人なんだよ。王宮に呼ばれるぐらいにね」

「えっ？　王宮？」

王宮って城のことでしょう？

「父上、王宮にジョーを渡したくはありません！」

「兄上の言う通りです。なんでジョーを王宮なんかに」

ありがとう、兄様たち。

「もちろん、ジョアンの気持ちを尊重するよ。ジョアンはどうしていきたい？」

「私は……王宮に行きたくありません。私が持ってる知識は、立派な魔道具を作る知識でも武でもありません。前世では、販売業をしていて、家庭を持っていて、旅行と食べること、料理することが好きだった平凡な人間でした。だから、王宮に行ってもなんの役にも立ちません」

「そうか、わかった。前世の記憶持ちだから、珍しい料理を知っていたんだね。じゃあ、これからも私たちに美味しい料理を作ってくれるかい？」

「っ！　はい、お父様。ありがとうございます」

「っしゃー！」

お兄様たちがハイタッチをしている。

「ジョアン……もっと美容に関して知ってること、お母様に教えてくれるかしら？」

「うふふふ。私の知ってることなら、もちろん」

良かった、みんなに受け入れてもらえたわ。こんなことなら、早く打ち明ければ良かったわ。それにしても、私以外にも前世の記憶持ちがいたなんて。もしかして、醬油や味噌、お米もあったりするのかしら？　そしたら、もっと料理の幅が広がるわぁ。でも、元八二歳の高齢者っていうのは、言いにくいわねぇ。そこは、もう少し内緒にしておきましょうかね。

ようやく、私の秘密を打ち明けることができた。みんな、どことなくスッキリした顔で笑い合っている。また、心配かけていたことに、本当に申し訳ないと思う。これからは、みんなの為に美味しいご飯を作っていこう。


「お父様、お母様、グレイにカクテルを作ったんです」

「『カクテル？』」

「私にもですか？」

「はい、グレイもこっちに来て下さい。良いですよね？　お父様」

「お、おう、グレイもこちらに来て座れ」

「かしこまりました。失礼します」

ストレージから三人の前にギムレットを、お兄様たちにはノンアルコールのカクテルを出す。

「で、ジョアン、カクテルとはなんだい？」

「カクテルは、お酒やジュースを混ぜたものです。これは、ギムレットといって、ジンとレイムジュースを混ぜたものです。お兄様たちのは、お酒じゃなくミランジジュースとピーナップルジュース、リモンの果汁を混ぜたものです」

「では、これからのランペイル領の発展と……ジョアンの今後に幸多かれ。乾杯」

「「「「乾杯」」」」

ゴクッ。

「「「美味しい！」」」「うっま！」

「あ、あと、おつまみも作ったんです」

カリカリチーズと、ラムレーズンもどきとクリームチーズを混ぜ硬いパンを切ったカナッペを出す。

「本当にジョアンのストレージは規格外だな」

「ほんと、僕のジョーは料理もできて、規格外のスキルで最高だよ」

ノエル兄様、ノンアルコールで酔ったの？

「んー、美味しいわぁ。このブレープとクリームチーズのカナッペ、ラムの香りがするわ」

「はい、ブレープのドライフルーツをラム酒に漬けたんです」

「もぉー、ジョアンが色々作ってくれるから、私太っちゃいそうよ」

「お母様は、痩せすぎだから大丈夫です！　でも、気になるならヘルシーなご飯も作りますね」

私なんて、何回ダイエット失敗したかわからないわ……なんて、今は言わないけど。

「俺、寮に戻りたくないんだけど……」

「僕も……」

「また、来週帰ってくるまで色々作る練習しておきますから、学院頑張って下さい。クッキーとドライフルーツ準備しましたから」

「「うー、ジョー」」

ぎゅーっ。

二人に抱きしめられる。さすがに、これは……。

「く、苦しいです、ノエル兄様。ジ、ジーン兄様」

「ごめん……」

✦✦✦

スタンリーの執務室。

「やっぱり、色々なことが規格外だったな。お前の娘らしいよ」

「本当にな、旦那と奥さんの娘らしいよ」

「お前らなー。まっ、ともかく、二人ともジョアンをよろしく頼む。あのスキルで、前世の記憶持ちか……変な輩《やから》が来ないとは限らない。どうやって、あの子を守っていこうか」

「ねぇ～スタン、あの子にある程度、護身術を身に付けさせたいのだけど。属性がないし、スキルも防御には向かないわ。だからこそ、自分でも身を守る術《すべ》を教えてあげないと」

「そうだな。明日からでも、少しずつ鍛えれば五年後の学院入学までには間に合うだろう。誰か適任がいないかピックアップを頼む、グレイ」

「わかった。基本的なことは、ナンシーがちょうどザックに教えているから、一緒にやったらどうだ?」

「そうだな。ザックはジョアンと同じ年だし、ナンシーならジョアンだとしても、厳しく育ててくれるだろう」

「にしても、お嬢の知識は半端ないぞ。お菓子にしろ料理にしろ驚かされることばかりなのに、カクテルって酒のことまでとはな。つまみもうまいしな」

「前世では、家庭を持っていたというぐらいだ。酒も呑んでいたんだろ？」

「あっ、なるほどな。だからか、俺らが試飲してる時に、物欲しそうな顔をしてギムレットを見てたのは」

「そんなに物欲しそうな顔だったのか？　エイブ」

「あぁ、間違いないよ、グレイさん。だからノンアルコールのカクテルを作り出したんだ。『お兄様にー』とか言っていたが、あれは自分の為でもあるだろ」

「あーなんか想像つく」

エイブから話を聞いて、三人は呆れて苦笑する。

「じゃあ、おつまみにラム漬けのブレープを使ったのも自分の為なのねぇ」

それについては、四人で苦笑いだった。

「まっ、前世の記憶だけじゃなく、酒好きの親から生まれたんだからしょうがない」

「あははは、違いねぇ」

「「グレイ！　エイブ！」」

エイブはスタンリー、グレイと同じく元魔物討伐団として、旧知の仲で時たま三人、もしくはマーガレットを含めて四人で呑むことがあった。

今夜は、ジョアンの作ったおつまみとカクテルで、今後のジョアンのことについて話し合っていた。

第六章 ドライフルーツの効果

翌朝。

久々にアルコールを摂取した――とはいっても、おつまみのラムレーズンもどき――のが、功を奏したのかスッキリ目が覚めた。時刻は、五刻半。

よし！ 散歩がてら厨房に行って、朝食のお手伝いをしよう！ っと、まずは、またサラに心配かけないように、誰かに言わないと。

ガチャ。

自室のドアを開けると、ちょうどナンシーが通りがかった。ちょうど良かった、サラに伝えてもらいましょ。

「おはよう、ナンシー」

「おはようございます、お嬢様。お早いですね」

「うん、目が覚めちゃったから、散歩がてら厨房に行って、朝食のお手伝いしてくる。ってサラに伝えてもらえる?」

「散歩がてら……。ふふふっ。かしこまりました。お手伝い頑張って下さいね」

「はーい。あっ、これ、ナンシーにあげようと思ってたの」

ストレージから、昨日作ったクッキーを渡す。

「昨日作ったの。あっ、私のストレージ、時間停止付きだから、まだ焼きたてだよ。ネイサンとザックと一緒に食べてね」

「まぁ、ありがとうございます。昨日、作ったって聞いたんですけど、食べられなくてあの子たち泣いていたんですよ」

「そうなの？　あっ、じゃあ、これも……ドライフルーツ。ブレープ、ミランジ、ナババ。あっ、持てないよね。どうしよ？　あっ、朝食の後、食堂に持っていけばいい？」

「えっ、でもお嬢様の手を煩わせるわけには……」

「いいの。他のみんなにも食べてもらいたいし。それに、最近ザックに会ってないし」

「ありがとうございます。じゃあお待ちしてますね」

「うん。じゃあ、厨房行ってくるねー」

タッ、タッ、タッ……。

「話には聞いていたけど……。本当に、何か吹っ切れたように変わったのね。前世持ちで、規格外のスキル……私が徹底的に鍛えないと」


【ランペイル家侍女長、ナンシー】

家令グレイの妻、元魔物討伐団の一員。身の軽さを生かした双剣の使い手。

長男ネイサン、次男ザックがおり、ジョアンとザックが同じ年ということもあり、母親のように見守っている。


だから【無】属性の判定を受けたジョアンのことを、とても心配していた。だからこそ、今の状況のジョアンを嬉しく思いつつも、さらに心配は増した。そして自分にできることは、ジョアンとザックを鍛えることだと心に決め、掃除の続きを再開した。

バンッ。

「うおっ！」

ドアの音に驚く、アーサーさんとベンさん。

「おはようー！　お手伝いに来ましたー」

「おはよー。ってか、お嬢さん、ドアは静かに開けましょう。心臓に悪いから」

「えへへ。ごめんなさい」

「で、お嬢様、朝食のお手伝いに来てくれたんですか？」

「うん、朝食何にするつもりだったの？」

「いつも通り、サラダとスープと卵料理とパンっすよ」

「ふーん。何か手伝っていい？」

「もちろんです。なんだったら、どんなものがいいかアイデアもらえますか？」

「んー、じゃあミモザサラダとタマオンとベーコンのスープ、チーズオムレツでどう？」

「うぉー、また聞いたことねーメニュー出てきた」

　ベンが頭を抱える。

「どんな料理か教えてくれますか？　お嬢様」

「えーっとね、ミモザサラダっていうのは、レタシとか葉物野菜の上に、茹で卵とチーズのみじん切りをのせてマヨネーズを上からかけるの。スープは、ベーコンから出た塩味を生かしたスープ。チーズオムレツは卵の中にチーズを入れて焼いた料理」

「お、おう。じゃあ、俺はサラダとスープを担当するっす」

「じゃあ、俺はオムレツとやらを」

「ちなみにパンは、あの硬いパン？」

「それ以外にないっすよ」

「そっか……パン、焼きたてかもしれないけど、アレンジしてもいい？」

「「アレンジ？」」

「アレンジって何するんすか？」

「フレンチトーストにしようかと思って」

「なんすか、フレンチトーストって？」

「硬いパンをフワフワのパンにするの。一つ、作りますね」

そう言って、硬いパンを切って、卵液——卵、牛乳、砂糖を入れ混ぜたもの——に、浸していく。

パンが卵液を吸ったところで、熱したフライパンにバターを入れ、パンを焼く。

ジューッ。

「うっわー、すげぇーいい匂いっすね」

「両面を、焼いて……はい、できました」

モグモグ。

「「うまい！」」

「ハチミツとかかけても良いんですけど、朝食なら、これだけでも十分だと思うんだけど……。どう？」

「「十分！」」

「良かった。本当は柔らかいパンを作りたかったけど、時間がないからー」

「「柔らかいパン？」」

あっ、食いついた。でも、色々と面倒なのよねぇ。ドライイーストがないから、天然酵母を作るのに一週間ぐらいかかるんだもの。でも、二人の視線的には……作るのよね？

「じゃあ、後でパンの元を作りますから、まずは朝食を作りましょ」

「あっ、そっすね。時間が足りなくなるっす」

「じゃあ、やりますか」

「「おー！」」

サラダとスープはベン、オムレツがアーサー、フレンチトーストを私が調理していると……。

「ええ――――!?　嘘《うそ》でしょ――――！」

「「「ん？」」」

三人で、何事かと顔を見合わす。

（何？　今の声は、お母様？）

「奥様ですかね？」

「たぶん」

「「「……」」」

「ジョアーン、ジョーアーーン。どこ――？　ちょっと来て――」

【風】魔法で声を拡張しているらしく、お母様の自室から離れた厨房まで私を呼んでいる声が聞こえる。

「よ、呼ばれました。途中でごめんなさい」

「い、いいや、早く行った方がいいっすよ。あれは」

「ですね。行ってきます」

タッ、タッ、タッ……。

急いで、お母様の部屋に向かう。

（えーなんだろ？　何かしたっけ？　全く思い当たる節がないわ）

お母様の部屋まで来ると、ドアの前にお父様とグレイ、ナンシーがいた。

「おはよう、ジョアン。待っていたよ」

「おはようございます、お父様。お母様、どうしたんですか？」

「ともかく中に入ろう。説明はそれからだ。マギー、ジョアンが、来たよ。入って良いかい？」

「ええ、大丈夫よ」

部屋の中に入ると……。

ガシッ。

お母様に、いきなり抱きしめられた。

（えっ？　どういう状況？　怖いんだけれど……）

「ジョアン、あなた凄いわ！　絶対、どこにも行かせないから――‼」

ぎゅーっ。

「お、お母様、く、苦しい……」

「あらっ、ごめんなさい。つい嬉しすぎて……」

「ケホッ、ケホッ、何があったんですか？」

「ウエストが細くなっているのよ。それだけじゃなく、気になっていた目元の皺《しわ》も薄くなっているの」

「えっ？　あっ、それは良かったですね。でも、なんで私にお礼を言うのです？」

「昨日、ジョアンの作ったドライフルーツを食べたからだと思うのよ」

「はっ？　だって、昨日食べて一晩でなんて、無理でしょう？　さすがに」

「だがな、ジョアン、私もグレイも疲れと目元のクマが消えているんだよ。だから、もしやと思ってサーチしてみたんだ……」

「で、どうでした？」

「うん……。私のサーチでは、ブレープのドライフルーツとしか出なかったんだよ」

（えーっ？　なんなの？　お父様、なんで遠い目をしているの？）

グレイは、そんなお父様を見て俯いて肩を震わせている。あれは、笑っているわね。

「うぐっ」

えっ？　グレイが脇腹押さえてる。今の一瞬で、何があったの？　あっ、ナンシーが拳を握り締めてる。ボディブローが入ったのね。やっぱり、どの世界も妻が強いのかも。うん、グレイの前にナンシーを怒らせたらいけない人に認定。

グレイを横目に、お父様に言われてサーチする。

［ドライフルーツ：ブレープ］
　生のブレープをドライフルーツにしたもの。長期保存可能。
効能：美肌。貧血改善。
　　浮腫防止。
食べ方：そのまま食べても美味。
　　ラム酒に漬け込むと《ラムブレープ》になる。

　　　ラムブレープをクリームチーズに混ぜても美味。
　　　ケーキに混ぜて焼いても美味。
　補足：ジョアンがスキルで乾燥させた為、
　　　効果が通常の三倍増し（今のところ）。
　　　美容目的には、もってこい！

「……」

マジか⁉　食べ方まで教えてくれるあたり、とても便利。だけど、もう一度言おう。マジか⁉　なんなの？　その補足部分……。私のスキルで作ったから効果三倍増しって。何？『今のところ』って。しかも『美容目的には、もってこい！』って、もしかしてペットのように、スキルも主人に似るとか言わないわよね？

「大丈夫か？　ジョアン」

何も言わずに佇《たたず》む私を心配した、お父様が声をかける。

「あっ、はい、大丈夫ちゃあ大丈夫です」

「お、おぉ、そうか。で、どうだった？」

「実際に見てもらった方が良いかと……」

「いや、サーチを他人には見せることできないだろう？」

「えっ？　そうなんですか？　ちょっと、待って下さい（無詠唱でいいわよね？）」

――ヘイ、アシスト！【サーチ】を他人に見せることはできる？

――Ａ：ジョアンならできる。【サーチ　オープン】って言ったらＯＫ。

うぁーマジか⁉　なんでもありなのか異世界チート。

もしかして……って思って話しかけたら、ＡＩみたいに教えてくれるんだ。便利機能だな。

「あー、お父様、アシストが言うに私ならできるらしいです」

「はぁ――⁉」

「やってみますね……【サーチ　オープン】」

［ドライフルーツ：ブレープ］
　生のブレープをドライフルーツにしたもの。長期保存可能。
効能：美肌。貧血。
　浮腫防止。
食べ方：そのまま食べても美味。
　ラム酒に漬け込むと《ラムブレープ》になる。
　ラムブレープをクリームチーズに混ぜても美味。
　ケーキに混ぜて焼いても美味。
補足：ジョアンがスキルで乾燥させた為、
　効果が通常の三倍増し（今のところ）。
　美容目的には、もってこい！

「あぁ～、なんて規格外」

お父様、頭を抱えないで。

「まぁ、やっぱり。効果が三倍ですって。しかも、食べ方までわかるなんて便利ねぇ」

お母様、いい笑顔です。

「ぶっ。『もってこい!』って。くっくっくっ。……うぐっ」

グレイ吹き出しての、ボディブロー。いつも、ちゃんとしていて、お父様にも他の使用人にも指示したりする人が妻に弱い。

タッ、タッ、タッ……。

「ジョ――。ジョ――ア――ン。どこ――?」

タッ、タッ、タッ……。

「「ジョ――」」

遠くの方から、私を呼びながら走ってくるお兄様の声が聞こえる。

(えっ? 怖い。どんどん、近づいてくるわ。今度は、なんなの?)

トン、トン、トン。

「おはようございます、母上。ジョーいますか?」

「ええ、いるわよ。入ってきなさい」

ガチャ。

「失礼します。いたー、ジョー探したよー」

「お、おはようございます。ノエル兄様、ジーン兄様」

「あっ、父上、母上、「おはようございます」」

「ノエル、ジーン、おはよう。どうしたんだい? 急いでジョアンを探しているようだったが?」

「はい、それが僕の眼鏡が合わなくて」

「眼鏡が？　どうしてだ？」

「それが……眼鏡なしでも見えるんです」

「「はぁ――――っ⁉」」

お父様、お母様、私は同時に声を上げた。そして、ノエル兄様が昨日率先して食べていたブルーベリーのドライフルーツをサーチしてみた。

「【サーチ　オープン】」

［ドライフルーツ：ブルーベリー］
　生のブルーベリーをドライフルーツにしたもの。長期保存可能。
効能：眼精疲労回復。
　もしかしたら視力回復も？
食べ方：そのまま食べても美味。
　サラダ・アイスクリームのトッピングでも美味。
　ケーキやパンに入れても美味。
補足：ジョアンがスキルで乾燥させた為、
　効果が通常の三倍増し（今のところ）。
　眼鏡にバイバイ、新しい自分よこんにちは。

「コレもか」

お父様、ゲンドウポーズ似合ってます。

「あら、パンにも合うのね〜」

お母様、今度作りますから。

「うぉ――。ジョー、何それ？　なんでサーチが見られるの⁉　どうやったの？　ねぇー、ねぇーってば」

ノエル兄様、落ち着いてくれ。

「なージョー。アイスクリームって何？　作れるの？」

マイペース、食いしん坊ジーン兄様。

「ぶっ。『新しい自分よこんにちは』って。クッ、クッ、クッ……痛っ！」

グレイ、私のサーチにハマってるな。あぁーあ、とうとうナンシーがグレイの頭を叩いた。グレイ的にボディをガードしたのに、行動読まれていたねぇ。

「で、ノエルは本当に眼鏡が必要ないのか？」

「はい、父上。かけなくとも見えます」

ノエル兄様、眼鏡をかけていると知的なイケメンでちょっと近寄り難い感じだったけど、外すとただのイケメンで今まで以上に女の人が群がるのでは……。

「父様、俺も……快調。いつもは朝から出ないのに」

「そ、そうか。良かったな」

ジーン兄様は、悩みの便秘解消したんだ。ちゃんと野菜取れば、苦労はしないのにねぇ。でも、便秘も侮れないからねぇ。もしかして、便秘だったからニキビが多かったのかしらねぇ。

「なぁージョー。ナババのドライフルーツにはなんて説明があるか見てみたいんだけど」

（あっ、やっぱり？　気になっちゃう？）

「【サーチ　オープン】」

［ドライフルーツ：ナババ］
　生のナババをドライフルーツにしたもの。長期保存可能。
効能：便秘解消。
　肌荒れやシワ、シミなど老化の原因を止める。
食べ方：そのまま食べても美味。
　マフィン等の焼き菓子に入れると美味。
補足：ジョアンがスキルで乾燥させた為、
　効果が通常の三倍増し（今のところ）。
　ダイエットしたいならコレ！
　脂肪なんてサヨナラさ。

「『シワ、シミ……』」

お母様、ナンシー、まだまだ若いし大丈夫では？　なんて、軽々しく言わないようにしよう。

「ジョー。マフィンって何？　お菓子？」

ノエル兄様、太るよ。

「『ぶっ……クッ、クッ、クッ……』『脂肪なんてサヨナラさ』って」

あー、お父様までツボった。グレイなんて、ナンシーから離れて笑ってるし。

「スゴイ！　僕のジョーはスゴイ！　スゴイし可愛い！」

ノエル兄様、言動が残念です。

「あは、はは……」

もう、ここまでくると笑いしか出ないよ。


あの後、朝食を取る為にダイニングへみんなで移動した。

(朝食の手伝い、途中で投げ出しちゃって大丈夫だったかな?)

侍女たちが、朝食を運んできてくれた。

「うぉー何これ、うますぎるー!」

ジーン兄様は、フレンチトーストを気に入ったようだ。

「いつものスープが味気なく感じるな」

お父様はスープを。

「サラダも彩りキレイだし、美味しいわぁ」

お母様はサラダを。

「オムレツにチーズが入ってる。美味しい! あージョーを寮に連れていきたい」

ノエル兄様、それは無理な話です。

朝食は、みんなの口に合ったようで良かった。後で、作ってくれた厨房のみんなに感謝しないとねぇ～。

「ノエル兄様、ジーン兄様、お約束のクッキーとドライフルーツです。あとネイサンも」

ストレージから、頼まれていたものを渡す。グレイとナンシーの長男ネイサンも、ノエル兄様と同じ年なので一緒に王都に行く。

「ありがとう、あぁージョーと離れたくない。一緒に行こうよ、ダメ？」

そう言いながら、ノエル兄様はハグをしてくれる。

（甘ーい、甘すぎる！　砂糖、吐きそうだわ。ハグは良いとして、時折り頭にキスするのはアウトでは？　それは彼女さんにするべきでしょ）

「ジョー、大事に食べるからな。また帰ってきたら、美味しいもの食べさせてくれよ」

ジーン兄様、完璧にノエル兄様をスルーですね？

「はい、色々練習しておきますね」

「ジョーありがとう。俺の分まで」

「ネイサンも頑張ってね」

ネイサンは私の頭をポンポンする。

「ノエル、いい加減にしなさい。遅れるわよ」

お母様に言われ、渋々私を離すノエル兄様。

「「「行ってきます」」」

そう言うと、扉を開けて入っていく。

そのドアは、王都にある屋敷に繋《つな》がるドアだった。

通常、王都までは馬車で三日はかかるのだが、そこは元魔術師団の副師団長のお母様が、馬車は面倒だからの一言で作った逸品だった。まるで、未来から来た青いロボットのピンクのドアみたいだなぁ～と感じた。ちなみに、ウチの扉はピンクではない。ボルドーだった。

その扉があるおかげで毎週末、兄様たちは屋敷に帰ってくる。学院に通えなくはないのだが『学院だけでは学べないことを、寮生活で学ぶ』という規則の為、仕事についていない生徒は寮生活だった。

　お父様もお母様も、執務室で仕事があるということなので、私は食堂に向かった。

　ナンシーと約束したからだ。


　タッ、タッ、タッ……。バンッ。

「おっはよーございまーす」

「お嬢様、ドアを開ける時は静かにしましょうね」

　ナンシーが笑顔で言う。ただ目は一切笑ってはいない。

「は、はい。ごめんなさい」

「あはは。おはよう、ザック、ジョー。どうしたの？」

「あっ、おはよう、ザック。昨日作ったクッキーとドライフルーツ持ってきたの。みんなにも、あげたくて」

　ストレージからクッキーとドライフルーツを出す。

「やったー。食べたかったんだ。お父さんは食べたのに僕らにはなかったからさぁ」

「ザーック、まずはお嬢様にお礼を言いなさい」

「あっ、ごめんなさい。ありがとう、ジョアン」

「うふふっ、どういたしまして。みんなも食べてね」

　他の使用人たちも、口々にお礼を言ってくれる。それだけでも、作った甲斐《かい》があった。

　あっ、メイドたちはドライフルーツを我先にと確保している。きっと、食べた効果を知っているのねぇ。ナンシーまで、クレープとナババを中心に食べてる。後で、こっそりドライフルーツミックスを追加を渡しておこうかしら。ナンシーこそ、怒らせちゃいけない人で、賄賂が必要だもの。

食堂を出て、厨房に向かう。

柔らかいパンのこと話しに行かないと。天然酵母は面倒だけど、美味しいご飯の為だ。

「お邪魔しまーす」

「おはようございます。お嬢様」

（ん～、アニーちゃん、朝から可愛い～）

厨房を見回しても、三人しかいない。

「あれ？　エイブさんは？」

「あー料理長は、今日休みっすよ。光の日が休みなんすよ」

料理人たちは、曜日によって休みを決めているらしい。固定休ってやつね。

「で、どうしました？　お嬢様」

「あっ、さっき話していた、柔らかいパンのこと」

「なんですか？　柔らかいパンって」

早朝いなかったアニーちゃんが聞いてくる。

「パンを柔らかくしたいなぁーって思って」

「そんなことできるんですか？」

「うん、ちょっと手間かかるけどね」

（『ちょっと』が一週間だけど、年寄り的にはちょっとよ。『この前』が一〇年ぐらいだから）

厨房をキョロキョロ見回して、ちょうど良いサイズの瓶を見つけた。

「アーサーさん、また洗浄してもらえる？」

「はい。【クリーン】」

「ありがとう。この瓶の中に切ったリップル（リンゴ）とぬるめのお湯を入れて。はい、おしまい」

リンゴじゃなく、レーズンでもできるけどレーズン作りが面倒くさいから、リンゴにしようと思う。

「「はぁ――――？」」

「うふふ。この状態で二日目ぐらいでお湯が色付いて、少し泡が出てくるの。そしたら一日二～三回、瓶をよく振って、蓋を開けて空気に晒《さら》して、また閉めて寝かす。四日目ぐらいから冷蔵庫で寝かして、六日目でパンの種は完成だよ」

「すげぇー、一週間かかるんすねぇ」

「うん、でもそれだけ美味しいものが食べられるよ」

さぁて、天然酵母は置いといて、今日のアフタヌーンティーには、何を出そう？　お母様がラムブレープにハマったようだから、パウンドケーキにしようかな？　あとは、今日は暖かいから、アイスミランジティーでどうかしら？

「今日は、ラムブレープのパウンドケーキを作りたいけど、良い？」

「ラムブレープをケーキに入れるんすか？」

「うん、そうだよ。えーっと、焼き型は……あった、コレ使って良い？」

長方形の型、テリーヌ型を見つけた。

「大丈夫ですよ。商人が新しく仕入れた物だから試しに使ってみてくれって置いていったんで」

もしかして、その商人に聞いたら醤油や味噌見つかるかな？　それと、このテリーヌ型を作った人を教えてもらったらハンドミキサーとか作れちゃったりするんじゃないかしら？

「今度、私も商人さんに会いたい！」

「「わぁっ！」」

「いきなり大声で叫ぶのなしっすよ。マジでビビった」

「あはは、ごめん。つい興奮しちゃって」

「お嬢様、興奮したのはわかりましたけど、商人に会うのは旦那様の許可もらって、料理長か俺が一緒の時だけですからね」

「はーい」

商人のことは後でお父様に相談するとして、パウンドケーキを作っちゃおー。

「じゃあ、卵、バター、ハチミツを混ぜて、ラムブレープを入れて混ぜて、そこに小麦粉とベーキングパウダーを一緒にふるい入れて、さっくり混ぜる」

「意外と簡単ですねぇ。これなら私でもできそうです」

アニーちゃんがボウルを押さえながら言う。

「あとは、型に薄く油塗って、流し入れて焼くだけ。師匠、お願いします」

「了解っす」

「他に何か作ります？」

アーサーさん、キラキラした目……いや、ギラギラした目を向けないで……。

「えっと……アイスミランジティーを作ろうかと」

「「アイスミランジティー？」」

と、三人が首を傾げる。

「ミランジジュースとアイスティーを入れるだけなんだけどね。グラスに氷を多めに入れて、先にミランジジュース、その後にゆっくり濃いめの紅茶を注ぐだけ」

「ミランジと紅茶、合うんすか？」

「美味しいよ。飲んでみる？」

（私はアイスピーチティーやアイスマンゴーティーも好きだけど、一番はアイスオレンジティーだなぁ）

　美味しいのか疑っている三人に、アイスミランジティーを作る。ちなみに、いつも飲んでいて美味しいと思っていたフルーツジュースは、師匠がスキルの【身体強化】を使って搾っていた。イケメンの生搾りジュース……売れそう。池袋《いけぶくろ》辺りで。

「お嬢様、美味しいですぅ」

「うっまー！」

「こんなにミランジジュースと紅茶が合うなんて」

「でしょー？」

　私が考えたわけではないが、ドヤ顔をする。


　今日のアフタヌーンティータイムは、お父様、お母様と私の三人だけ。お兄様たちがいないと、なんか寂しい。

「今日はラムブレープのパウンドケーキとアイスミランジティーです」

「ん～、ジョアン美味しいわぁ。このパウンドケーキ、今度お茶会で出しても良いかしら？」

「はい、もちろんです。お母様」

「アイスミランジティーもいけるな。ミランジと紅茶がこんなに合うなんて知らなかったよ」

「気に入ってもらって嬉しいです。お父様」

アフタヌーンティータイムも終わりの頃。

「そうだ、ジョアン。そろそろ護身術や乗馬を習ってみないかい？」

護身術？　乗馬？　どちらも前世でやりたいと思いつつもできなかったことじゃなーい。そりゃ、もちろん……

「やります!!　やりたいです！　ぜひやらせて下さい。いつ？　いつから始めますか？」

「ちょ、ちょっと落ち着きなさい、ジョアン。もしかして……前世でやっていたとか？」

「いいえ、前世でやりたいと思いながらできなかったことだったので、つい興奮してしまいました」

「あぁーそういうことか。じゃあ、明日から始めるで良いかな？」

「お願いします」

わぁー楽しみだわ。護身術？　合気道のようなものかしら？　さすがにプロレス技とかじゃないわよね？　でも、護身術や乗馬もそうだけど、この国のことも知りたいわ。

「あの、お父様、この国の歴史や地理、一般常識も学びたいです」

「おぉー、自分から学びたいとは偉いな。ジーンなんて何度も言って、やっと八歳からだったぞ」

いや〜そこは、中身が八二歳だからかと……。

「じゃあ、それも一緒に学ぶか。やることいっぱいだが大丈夫かい？」

「はい、自分が気になることは全てやりたいです」

あっ、そういえば、お父様に聞きたいことがあったんだったわ。

「お父様、お願いがあるんですけど」

「ん？　なんだい？」

「我が家の私兵団って、私、見たことないんです。今度、見たいです」

「あー、ジョアンには見せたことなかったか。よし、今度の土の日に、見に行こうか」

「ありがとうございます。嬉しいです。あと、もう一つあって……」

「なんだい？」

「今度、商人の方がいらしたら私も商品を見たいんです」

「商人？」

「はい。前の、あっ、前世の食べ物や調味料があるか知りたいのと、職人の方を紹介してもらいたいんです」

「なんで、職人なの？　ジョアン」

「調理器具を作ってもらいたくて」

「調理器具？」

「はい、焼菓子の型とかハンドミキサーとかー」

「「ハンドミキサー？」」

「えーっと、自動泡立て器？」

「へぇ〜、それがあると便利なのね？」

「はい、とても便利なんです！」

「じゃあ、商人と会ってもいいが、必ずエイブを同行させること。守れるかい？」

「はい」

第七章　天使？　悪魔？　そして目指すは鬼

今日から護身術の訓練が始まる。昨日は楽しみすぎて眠れなかった、なのに、また六刻前に起きてしまった。

（長年の習慣って、抜けないものねぇ。さっ、朝の散歩に行きましょう。って、いっても一人だから屋敷の中だけど）

自室を出て、歩いていると侍女たちが窓ガラスを一生懸命拭いていた。

「おはよう。みんな朝からお掃除、お疲れ様〜」

「あっ、お嬢様おはようございます。早いですね」

早朝から一生懸命な侍女たちは汗だくだった。

「あのね、窓ガラス拭く時に、飲み終わった茶葉を使うとキレイになるよ」

「「「えっ!?」」」

「お嬢様、もっと詳しく！」

「え、えーと、飲み終わった茶葉をもう一度煮出して、それで拭くと汚れがつきにくくなるの。あと、玄関とかは煮出した後の茶葉をまいて、ほうきで掃き取ると良いよ。茶葉の湿り気のおかげで、ホコリが立たず楽に掃除ができるんだよ」

八二歳のおばあちゃんの知恵袋。紅茶は毎日何度も飲むから、茶殻もいっぱいあるだろうし、ただ捨てるよりは有効活用すべきよ。

「私、ちょっと厨房行ってきます」

一人の侍女が厨房へ走っていった。

さっ、散歩を再開して浴室の前を通ると、これまた侍女たちが汗だくで掃除してる。

「おはよう～。朝からお掃除、ありがとう」

「あっ、おはようございます。お嬢様」

一生懸命、鏡を磨いている侍女が挨拶をしてくれる。

「鏡、ジャガトの皮で磨いて、水で流すとキレイになるよ」

「「えっ？」」

「ジャガトで磨くと、曇り止めにもなるんだって」

「ありがとうございます。ちょっと厨房、行ってきます」

そろそろ、厨房に行こうかなぁ。


「おっはよーございまーす」

「おう、お嬢。今日も早いな」

エイブさんは、朝から声デカい。

「で、お嬢、朝から何やった？」

「ん？　何やった？　って？」

「さっきから、侍女が入れ替わりやってきてゴミ持っていってんすよ。お嬢さんでしょ？」

「あっ。いや、掃除のコツを教えただけで……」

「「あー」」

「はぁー、相変わらず規格外だな、お嬢は」

エイブさんが呆れた顔をする。

（いやいや、役に立つこと教えただけですから。……解せぬ）

「あはは、お嬢さん。そんなに顰《しか》めっ面してたら、可愛い顔が台無しっすよ」

そう言いながら、ベンさんが頭をポンポンする。

「なぁーお嬢、その掃除のコツってのも前世の知識なのか？」

「っ！」

（えっ？　どうして知ってるの？　エイブさんは料理長だから良いとして、ココで言って良いの？　師匠いるよ？）

私が動揺してオロオロしてると、フワッとした浮遊感の後、視界が高くなった。エイブさんに抱っこされていた。

「大丈夫だ、お嬢。昨日の夜、使用人たちが呼ばれて旦那とグレイさんから説明があったんだ。だから誰もお嬢のこと、変に思わねーよ。安心しろ」

「……気持ち悪くない？」

ヤバい。泣きそう……。頑張れ、五歳の身体。

「何言ってんすか？　逆に、俺は尊敬するっすよ。色んな料理やらお菓子やら知ってて。お嬢さんの方が、師匠っすよ」

「うぅ～、あ、ありがどぉ～」

ダメだ。涙腺崩壊。

「お嬢、落ち着いたか？」

エイブさんの膝の上で、お茶を飲む。大きな手で、不器用なりに頭を撫でてくれる。

「うん、大丈夫」

「お嬢、屋敷の人間は誰も気持ち悪がったりしねーよ。驚きはしたがな。ここ最近のお嬢を見てたら、納得したんだよ。ただ、みんな心配なんだよ。ウチの領なら守ってやれるが、学院に行くようになると守れないからな」

「そうそう、ただでさえ可愛いのに、とんでもないスキルと前世の記憶持ちなんて、誰でも囲いたくなるっすよ」

あー確かに、お父様たちも王宮にーとか言ってたわねぇ。

「でも、今日から護身術を訓練するんだろ？　俺たちも何かあったら手伝ってやるからな」

「ん？　俺たち？」

「あれ？　知らないんすか？　料理長は、元魔物討伐団。副料理長と俺は、元冒険者っす。ランクA止まりっすけどね。アニーは、サラと訓練中っす」

冒険者!?　ファンタジーきた――！　本当にいるんだ。ってか、ランクAって凄いんじゃないの？

「ランクAってスゴイね。でも、なんでココで料理人してるの？」

「あー、俺はアーサーと一緒にパーティー組んで、色々と旅しながら冒険者やってたんすけど、ランペイル領で依頼を受けた時に、私兵団と知り合いになったんすよ。その時に、領民に対しての考えとか、仕事への姿勢とか色々聞いていたら感銘を受けたんすよ。で、この領地で根を張りたいって思ったんすよ。でも、ここの私兵団の実力が半端なくて、俺らじゃ足手まといになるなぁーって。だから、そいつらの後押しできるならって、料理人として置いてもらってるんす」

「へぇ～、そうなんだ。でも、自分の実力を見誤らないで、自分のできることを探してやるってスゴイね。縁の下の力持ちってことでしょ？　その考え方ができる二人を、私、尊敬するよ」

「っ！」

ベンさんは私の言葉を聞いて目を見開いて驚いていた。そして、私たちに急に背を向けた。

（あれ？　私、何か失礼なこと言っちゃったかしら？　えっ、どうしよう？）

オロオロしていると、エイブさんに頭をポンポンされた。

「大丈夫だ、お嬢。ベンは嬉しいんだよ」

「嬉しい？　なんで？」

ゆっくりとこちらを振り返ったベンさんは、目元が赤くなっていた。

「今までお嬢さんみたいに、面と向かって俺らの考えや行動を、尊重してもらったことないんす。冒険者仲間からはバカにされるし、ランクAの持ち腐れだって言われるし……」

「はぁー!?　何？　持ち腐れって、自分がどうしようが勝手でしょーよ！　誰かの許可いんのかよ!!　文句あんなら、師匠たちより上のランクS取ってから言えって！　どーせ、自分の実力じゃランクAも取れねー奴が言ってんだろうけどよ！」

「「……」」

私の啖呵《たんか》に、二人の目がまん丸になってる。

（はっ！　やっちまった――!!　しっかりと前世の口調で、啖呵切っちまったー）

「おほほほ。わたくしとしたことが、つい心の声が……」

「「あははは――っ」」

「お嬢、それが素なのか？　それとも前世の名残《なご》りか？」

笑いすぎて涙目になっているエイブさんが聞いてくる。

「えっ？　なんのことでしょう？　わたくしには、わかりませんわ。おほほほ」

「お嬢さん、もう無理っすよ。あんだけ、しっかり啖呵切ってんだから」

んー、確かに、もう誤魔化せない。それに、厨房の中だけでも、素が出せたら楽かも。

「ははっ、無理かー。えーっと、前世の名残りだね」

「お嬢、もう隠さなくていいぞ。厨房《ここ》ではな」

「ありがとう、エイブさん。ここだけでも、楽になれるのはありがたい。前世では、平民だったのに……令嬢って超面倒くさい」

「あー、まー、そこは諦めろ」

「ははっ……だね。あっ、師匠、マジでカスの言ってることなんて無視しときゃー良いよ。どうせ負け犬の遠吠《ぼ》えなんだし」

「お嬢さん、カスって」

「あっ、えーっと、クズ？」

「あはは、あんま変わらねー。でも、ありがとうございます。なんか吹っ切れました」

「なら、良かった。あっ、この口調のことは、お父様たちには内緒でお願い。バレたら、ヤバい」

「どーしよっかなぁー？」

ベンさんが、ニヤニヤしながら言う。

（くーーーっ。弱味握られてしまったわ）

その後も三人で話をしていたら、朝食の準備が滞っていた。急いで準備を再開する。

「お嬢、何にする？」

えっ？　料理長のくせに、五歳に丸投げ？　でも、時間ないし……。よし！　決めたわ。

「パンケーキ、サラダ、ミートオムレツのワンプレートで、スープはハムとレタシで、どう？」

「『パンケーキ？』」

あっ、この世界はパンケーキなかったのか……。

「じゃあ、私が作ってみるね。ミートオムレツはひき肉がないから、ベーコンをタマオンと一緒にみじん切りにして塩胡椒で濃いめに味付けて、オムレツの中に入れるの」

私の担当はパンケーキ。卵、牛乳、砂糖を混ぜて、そこにベーキングパウダーと小麦粉をふるい入れて、焼く。

（よく孫たちに、せがまれて作ったわねぇ）

バタバタしたとはいえ、十分間に合った。でも、その結果、私のワンピースは粉まみれで……

「お嬢様、真っ白じゃないですかー。早く着替えますよー」

「あぁ――――」

厨房に迎えに来たサラに、引きずられるように連れていかれた。


「料理長、俺、あの時お嬢さんが天使に見えました。ずっと、心のどこかで冒険者辞めた罪悪感があったのかもしれないっす」

「天使は、あんな啖呵切らねーけどな」

「あはは、そりゃ確かに」

「でも、そんなお嬢をみんなで守っていかねーとな」

「もちろんっす。お嬢さんだけは、何があっても全力で守るっす。久々に剣研いで、素振りしないと……」

「あははは、じゃあ明日の休みに、私兵団で揉《も》まれてこいや」

「そんなんしたら明後日、俺、使い物にならないっすよ」

「お嬢が手伝うだろうから、大丈夫だ」

「じゃあ、鍛えられてくるっす」

「まっ、ほどほどにな」

翌日、ベンは本当に私兵団に揉まれた。その翌々日、筋肉痛で動けないところをニヤニヤした笑顔のジョアンにツンツンされることを、まだこの時は知らない。

後日、ベンは「天使なんかじゃない、悪魔だー!!」と言ったとか。


使用人の食堂では。

「ワガママだったけど、ご飯が美味しくなったわよね〜」

「性格悪かったけど、肌艶が良くなったし」

「好き嫌いも多かったけど、ウエストが細くなったし」

「全く可愛げがなかったけど、便秘解消したわ」

「ムカついてたけど、ニコッて笑顔が可愛いの」

「そういえば、今朝、お嬢様から教えてもらって、窓ガラスと玄関掃除したら、スゴくキレイになったのよ〜」

「あら？　私たちも浴室の掃除の仕方教えてもらったら、今までとは比べものにならないぐらいキレイになったわよ」

「「「「ホント、お嬢様って最高よね～」」」」

「私、ずっとお嬢様についていくわ！」

「私も、お嬢様を変な輩から守ってみせる！」

「みんな、頑張るわよ！」

「「「「お――――っ!!」」」」

本日、ランペイル家の使用人が、色々な思いからジョアンを守る為に一致団結した。


朝食が終わり、待ちに待った護身術の練習の為、サラに案内され我が家の演習場に向かう。

（演習場なんてあったのねぇ）

私にとっては初めて行く場所。屋敷を出てからずっとキョロキョロしていた。何度か躓《つまず》き、サラに注意されながら。

演習場は屋敷の裏手にあった。てっきり空き地みたいな、更地だと思っていたら、全天候型グラウンドみたいに、ちゃんと整地されたところだった。しかも、テニスコートのように、クレイとグラス（土と芝）の場所があった。

サラ曰《いわ》く、どんな場所でも戦えるように訓練する為らしい。しかも、どんな気候条件でも対応できるように、属性を駆使して訓練するんだそうだ。

例えば…雨や雪面、アイスバーンなら【水】属性。

ぬかるみなら【土】属性。

強風の砂埃《すなぼこり》なら【風】属性。

炎天下なら【火】属性。

雷雨なら【水】と【雷】属性。

こういった訓練方法は、国内でもランペイル領だけらしい。そこで訓練されたウチの私兵団は、かなりの猛者揃《もさ》い。それもあって私兵団に入団希望者が多いらしいが、かなりの狭き門だということだ。王宮の騎士団の中には、貴族の子弟なら入れるというようなところもあるらしいが、ここはそんなに甘いところではないそうだ。

（いくらウチの私兵団が貴族、平民関係ないっていったって、そりゃ、ランクAの冒険者だって無理かもねぇ。入るのも地獄、入っても地獄の私兵団ってみんな狂戦士《バーサーカー》なんじゃないかしら？）

その演習場には、既にナンシー、ザック、アニーちゃんが待っていた。まだ、講師の先生は来ていないようねぇ。

「お待たせしました」

「大丈夫ですよ、お嬢様。では、始めます。サラ」

「はい。よろしくお願いします」

「「お願いします」」

ん？　どうした？

「お嬢様、訓練を始める前と終わった後には必ず講師に挨拶をするんです。今日は、初めてですので次回からお願いしますね」

えっ？　ってことは、先生はナンシーってことかしら？

「はい、わかりました。あのぉ〜ナンシーが先生で間違いないですか？」

「はい、そうですよ、お嬢様。知りませんでしたか？　私、こう見えて、元魔物討伐団員でしたのでお嬢様方を訓練する術は持っております」

マジですか⁉　やっぱり怖い……もとい強い人だった。そりゃ、あのグレイも敵《かな》わないわねぇ。

ここは、ちゃんと『礼に始まり、礼に終わる』ね。

「よろしくお願いします！」

訓練は、基礎体力作りだった。演習場を三周走って、腕立て三〇回、三周走って、足上げ腹筋三〇回、三周走る。これを週三回、一か月。その後は、回数が増えるらしい。

（優しいナンシーの正体は……鬼かしら？）

サラとアニーちゃんは、以前より訓練してたようで、私の訓練よりもハードだった。長い時間をかけて、終わったのは昼前だった。

（お腹は空いているけど、疲れすぎて飲み物以外は無理。絶対、吐くわ。何より、まず動けない）

私とザックが、ぐったりと背中合わせで座っていると
「あれ？　アーサーさん？　今日休みだよね？」

「はい、どうぞ」

アーサーさんは私の質問にニコッと微笑むと、私とザックに冷たい飲み物を渡してくれた。

「きっと昼食は食べられないだろうと思ってね。ノエル坊ちゃんもネイサンも、最初はそうだったから。まっ、ジーン坊ちゃんは普通に食べてたけどね」

ゴクッ。

「美味しい。ミランジジュース、作ってくれたの？」

「いや、俺は運んだだけ。作ったのはベンだよ。あっ、あとコレも」

食べられるなら、とナババをくれる。

「ナンシーさんの訓練ヤバいでしょ?」

ボソッとアーサーさんが言う。それに対して、ザックと私は無言で頷く。

「これぱっかりは慣れるしかないね。頑張って」

アーサーさんは私たちの頭をポンポンとして、屋敷の方に帰っていった。

(慣れか……ってか、慣れるのかしら? でも、やるしかないわよねぇ。基礎体力がつかないと、護身術習うまでいかないもの。にしても、ジーン兄様は普通に食べてたんだ。体力あり余っていたのかしら?)


週三回の訓練を始めて、ようやく土の日。今日はお父様と約束していた、私兵団の見学に行く。

昨日、王都から帰ってきた兄様たちと一緒に、お父様を先頭に演習場に向かう。

右手にノエル兄様。左手にジーン兄様。両手にイケメンで歩いている。

「ジョー、訓練はどう? 辛《つら》くない?」

ノエル兄様が聞く。

「はい、初日はキツくてランチも食べられなかったけど、ようやく少しだけ食べられるようになりました」

「僕もそうだったから、辛さはわかるよ」

「俺は、初日から食えたけどなぁー」

「ジーンだけだよ、そんなの」

ノエル兄様が呆れたように言う。

「でも、体動かすの楽しいですよ。先生は厳しいけど」

「先生って、誰？」

「ナンシー」

「「あーやっぱり……」」

二人が遠い目をする。二人も、ナンシーの下で訓練していたので、当時の辛さを思い出したらしい。

「ナンシーに教わったから、学院の先生が大したことのないように感じるんだよなぁー。怒られても怖くないし」

ジーン兄様、学院で怒られていることが問題では？

「確かに、それは感じるよ。僕、武術の授業免除になっているもん」

えっ？　学院の授業が免除になるぐらい、ナンシーの訓練ってスゴいってことなんだ。

「俺もこの前、先生と手合わせして、次から免除って言われた」

「あっ、もしかして武術の授業で怪我《けが》した先生がいるっていうの、ジーンと手合わせしたからか？」

何それ？　子供に怪我させられる先生って。しかも、相手がジーン兄様って。

「あー、うん、俺。だって、鬼に鍛えられたら強くなるだろ？」

「「ぶっ」」

なんの音かと思い、後ろを振り返ると、グレイとネイサンが声を出さずに笑っていた。

ジーン兄様の『鬼』発言が、ツボったらしい。

「お、鬼って……確かに……あはははっ」

「ネ、ネイサン……クッ、クッ、クッ……こ、肯定……ぶふっ……したら、ナ、ナンシーに……クッ、クッ、怒られるだろ……あはは」

「ふふふっ。ジーン、鬼は酷いよ」

ノエル兄様も、笑いながら言っているのでフォローになってない。

「だって、本当だろ？　兄上もそう思ってるから、笑ってんだろ？」

「お前たち、そんなこと言ってると知らないぞ。ふふふっ……鬼がやってくるぞ」

お父様まで……。

「「「「あははは一っ」」」」

（ナンシーにこんなところ見られたら、怒られるわよねぇ。大丈夫かしら？　あれ？　屋敷の方から、スゴいスピードで何か来るけどなんだろ？　ん？　ほうき持ってる。人？

あっ、ヤバい、これはヤバいわ。みんな、笑っていて気づいてないわ。教えた方が良いのかしら？）

私がオロオロしていると、すっと手を握られて引っ張られる。

「えっ？」

「ジョー、こっち。離れないと、危ない」

ザックが私の手を引いて、その場を離れる。


車座になって笑っているお父様たちは、まだ気づいてない。どんどん、近づく人影、その人は、強く足を踏み込み跳躍した。スゴい、高い……。お父様たちの身長よりも高く、太陽を背にしたことでお父様たちに影がかかる。その影で、お父様たちは見上げて影の主を確認し顔面蒼白《そうはく》になる。すぐさま五人は臨戦態勢を取る。しかし、その人は円の中心に着地をすると、持ってきたほうきの長い柄《え》で薙《な》ぎ払った。まるで、ゲームの武将のように。ほうきの長さ的に届かないはずなのに、ノエル兄様、ジーン兄様、ネイサンが飛ばされ倒れている。お父様とグレイは、グレイの作った土壁で難を逃れていた。が、土壁はほうきの柄でトンッと突いた瞬間壊れた。それを見て、大の大人二人がガタガタと震えている。そして、その人は一言。

「鬼ですが、何か？」

その瞬間、周囲が一気に寒くなった。ナンシーは【水】属性。怒りで強化され、お父様とグレイの足元が凍りつき始めている。


結局、五人はその場で正座をさせられナンシーから説教……じゃなくて、愛のお言葉を頂いた。

「「「「「スミマセンでした」」」」」

でも、どうしてわかったんだろ？　屋敷から離れていて、聞こえないはずなのに。

「ねぇ、ナンシー。どうしてわかったの？」

「ちょうど、身体強化をして掃除をしていたら聞こえたんですよ」

ナンシーのスキル【身体強化】をすると、遠くの声なども聞こえるようになるらしい。魔物討伐の時や諜報《ちょうほう》活動の時には役立つそうだ。

「お嬢様、怖がらせて申し訳ございませんでした」

ナンシーが謝る。

「ううん、確かにビックリしたけど、でも、あの跳躍力とか本当にスゴかったし、太陽を背にしたナンシーとても格好良かったよ。ほうきで薙ぎ払うのも《一騎当千》って感じだった」

本当にいつも見ているナンシーとは違って、私はとても興奮した。

「そ、そうでございますか？　ふふっ、ありがとうございます」

ナンシーはジョアンに怖がられると思っていたので、ジョアンの言葉に驚き、そして嬉しかった。

「ねぇ、ナンシー。いっぱい訓練したら、ナンシーみたいになれる?」

「お嬢様は、私のようになりたいのですか?」

「うん、だって誰よりも格好良かったもの。私も、あんな風に戦えるようになりたい」

「まぁ、じゃあ来週からまた頑張りましょうね。では、皆さま、私兵団の方がお待ちですので迅速に行動をお願いしますね」

五人を一瞥《いちべつ》すると屋敷の方に戻っていった。

「はぁ～、ナンシー格好良かった～」

ボソッと呟く。

「僕も、お母さんみたいに強くなる!」

ザックも言う。

「じゃあ、一緒に頑張ろうね」

小さな二人が、目標をナンシーに決めた出来事だった。

第八章　みんなでバーベキュー

ナンシーが去った後。

「さっ、ジョアン、私兵団が待ってるぞ」

何事もなかったように、私を抱っこしてお父様が言う。演習場の方に目を向けてみると、私兵団の方たちがこちらを見ていた。見られていたことに気づいた、五人はとても気まずそう。そりゃあ、侍女に正座させられて説教されたことを見られたら恥ずかしいわよねぇ。でも、自業自得よ。というか、自業地獄でしたけどねぇ。

「あっ、うん、みんな訓練ご苦労」

お父様が私兵団に声をかける。

「その……色々とお疲れ様です」

そうお父様に労《ねぎら》いの言葉をかけたのは、私兵団の団長さん。

「お嬢様は、お初にお目にかかります。私は、エル・ディーエイツ。この私兵団の団長を務めております」

肩より長いストレートの黒髪を一つに結んだイケメンさん。お父様に下ろしてもらい、カーテシーをとる。

「ご挨拶ありがとうございます。ランペイル家が長女、ジョアン・ランペイルでございます」

「ジョアン上手にできたね。さすが私の可愛いジョアンだ」

と、ハグをするお父様。みんなが生温かい目で見ている。

その後、他の団員さんも簡単に挨拶をしてくれた。

(みんなイケメンなのは、異世界だからかねぇ。しかも訓練してるから、細マッチョでいい体してるし。ライカにも会わせてあげたかったわ)

訓練を見学していると、ノエル兄様とジーン兄様、ネイサンが参加することになった。

模擬刀を使った打ち合いは、とても白熱した。私としてもお兄様たちが戦っている姿は初めて見た。やっぱり私兵団にはお兄様たちも敵わないのねぇ。お父様とグレイなら勝てるかしら？　年齢的に難しいかもしれないわねぇ。ナンシーなら、勝てるかもしれないけど。


お兄様たちと私兵団員との打ち合いが終わって、一度休憩となる。

私は、ストレージから冷えたアイスティーとリモンの蜂蜜漬けを出した。ザックも手伝ってくれたので、みんなに配る。まるで、部活のマネージャーみたいだわ。

(そういえば、私兵団の人たちは団員だけで寮で生活してるって言ってたけど、食事も自分たちで作るのかしら?)

気になった私は、近くの団員さんに聞いてみる。

「ご飯とか、皆さんで作るんですか?」

「そうですよ、お嬢さん。野営することがあるんで、ある程度、食べられる物を作れるようにする練習も兼ねているんですけどね……」

そう言いながら、遠い目をするキラさん。背が団員の中で一番大きく、ガッシリした体格の良い赤い髪をツンツンさせたイケメンさん。

「えーっと、ある程度って美味しくはないってことですか?」

「食事は若い奴らが当番制でやるんですけど、人によっては?」

これは由々しき事態ですよ。私兵団こそ、身体が資本なのにちゃんとした食事を取れないと怪我に繋がる可能性が高いじゃないの。

食事当番をする若い人とは、一〇代の人のことをいうらしく、ここに来るまで料理をしたことがない人が多いらしい。Jr.《ジュニア》ってことね。

ちなみにキラさんは、ちょうど二〇歳。ようやく食事当番から抜けたということだった。

「もしかして、肉焼いただけとか?　野菜なしとか?」

「あー、ほとんどがそうですよ。野菜はサラダ……というか、ちぎっただけの生野菜で。肉も上手く焼けなくて、焦げたり生焼けだったり」

うわぁーマジですか?　さすがに、それは酷すぎる。

「そのこと、お父様は知っているのですか?」

「いや、たぶん知らないと思う。色々お世話になっているのに、食事ぐらいで文句は言えないよ。だから、お嬢さんも内緒で」

人差し指を口元に持ってきて、パチッとウインクする。

(うっ。ちょっとキュンときたけど、騙《だま》されないから。八二歳、舐《な》めんなよ)

「ダメです!　食事を疎《おろそ》かにしちゃ」

そう言うと、お父様の元に走る。

タッ、タッ、タッ。

「お父様ー。お話がありまーす」

お父様は、グレイとエルさんと談笑していた。後々、聞いたところエルさんも元魔物討伐団で、お父様たちの同僚だったらしい。

「どうした、私の可愛いジョアン」

お父様、枕詞《まくらことば》がおかしいです。

「どうして私兵団に料理人がいないのですか？」

「それは、野営で料理ができるように普段から練習しているからだよ」

「その理由はわかりますが、野営以外でちゃんとしたご飯を取らなければ、訓練の疲れも取れないし、怪我をしやすくなります。身体が資本の私兵団が、ちゃんとした食事も取っていないなんて。あっ、もしかして、自分の若い時はそれが当たり前だったーとか、自分もそうやってきたけど大丈夫だったーとか、古臭いこと言いませんよね？　お父様」

「うっ」

図星なのか、お父様は言葉に詰まった。

「「クッ、クッ、クッ」」

グレイとエルさんが笑っている。

「グレイもエルさんも、笑っている場合ですか！　きっとお父様と同じ考えだったから、今まで改善されていなかったのですよね？　あなた方の時代とは違うのです！　今まで、遠征中に体調を崩したり、怪我が多かったりしてませんか？　それに料理を覚える為なら、なおさら教える人が必要ですよね？　教えてくれる人いるんですか？　いないですよね？　上の方が下に教えるだけでしょうね。だから、全然料理の質が上がらなくて、野菜はちぎっただけって、動物と一緒ですか！　野菜だって、火を通した方が栄養価が上がるものがあったりするんです。そういうこと、知ってるんですか？　知らないですよね？　だから、今まで――」

私の大人三人への説教は、それから三〇分ほど続いた。

ゴクッゴクッゴクッ。

「ふぅ――」

片手を腰に置いて、アイスティーを一気に飲み干した。

あー喉が痛いわ。説教すると疲れるわねぇ。にしても、久々に自分より目上の人間に説教したわ。

昔はこうだったーとか、古臭いのよねぇ。どれだけ自分の時代に誇りを持っているのよ？

「ジョー、落ち着いた？」

ノエル兄様が近づいて頭を撫でてくれる。

「格好良かったぞ、ジョー。母様が怒る時と一緒だった」

「ジーン兄様、ホント？　似てた？」

「もしかして奥様の真似をしたのか？」

ネイサンが聞いてくる。

「うん。えへへへ」

「奥様のだけじゃなく、ウチの母さんにも似てた気がするよ」

ザックまで。

「うん、さっき見たナンシーにも似せてみた。でも、ナンシーに似せるなら、やっぱり口だけじゃなく腕もたたなければいけないですよね？」

それだけじゃなく、前世の経験も入っているけどねぇ。

「いや、ジョアン。ナンシーに似なくて良いから、そのままの可愛いジョアンでいて」

ノエル兄様、可愛いだけの女は使えません。頭も口も腕も、ちゃんと鍛えないと。ナンシーはもちろん、お母様にも色々と教えてもらいましょう。それからノエル兄様、そんなこと言ってると馬鹿な女に捕まるわよ。まっ、私が排除するけど。

「ジョ、ジョアン……。先ほどは、ごめん。そのー、三人で話し合って、今度エイブに調理指導をしてもらうことにしたよ」

お父様、グレイ、エルさんがやってきた。

「えっ？　今度？」

私は聞き直す。

「う、うん、今度」

「今度とは、いつですの？　そんな曖昧な約束では無意味です。明確に教えていただけますか、お父様」

「い、いや、でも、エイブにも確認しないといけないし。今の段階では、今度としか……」

「お父様たち、本当に改善するつもりがありますか？　今までやらなかったのに、今度？　そんなので信用できるわけないでしょう。もし、部下の方に指示して『今度やります』って言われて、信用できますか？」

「えっ、あっ、いや。ごめんなさい」

「謝るだけでは、何も解決できません」

「「「……」」」

大人三人は、黙った。

「「「「……」」」」

それを近くで見ていたノエルたち四人は、本能的にジョアンを怒らせてはいけないことを、心に誓った。

「わかりました。じゃあ、私が私兵団の寮に行って調理指導をします！」

「いや、それはダメだ。私の可愛いジョアンを男しかいない寮なんかに、行かせられるわけがないだろ」

「大丈夫ですよ。可愛いって言ってるの、身内の贔屓《ひいき》目ですって」

誰がこんな五歳児に、発情するのよ？　私兵団の一番下の人でも、一一歳よ？　せいぜい妹としか思わないわよ。

「「はぁー」」

ネイサン、ザック、首を横に振りながら溜息って、飽きちゃった？

「ともかく、私が指導します！」

「あのぉーお言葉ですが、お嬢様。そのぉ、料理できるのですか？」

私の料理を食べたことないエルさんが聞いてくる。

「作れますよ。ちょっと待って下さいね。……はい、どうぞ。私が作ったパウンドケーキです」

ストレージからラムブレープのパウンドケーキを出して、エルさんに渡す。それを見ていた、お兄様たちは
「「ジョー、何それ？」」

あっ、学院に行ってる間に作ったから知らないのね。

「お兄様たちもどうぞ」

ノエル兄様、ジーン兄様、ネイサンに渡す。ザックにはラムブレープは早いと思ったから、ドライフルーツのパウンドケーキだ。

エルさんは恐る恐る食べて、一口食べた瞬間に大きく目を開いた。

「……うまい」

「ね、ちゃんと料理できるでしょ？」

「いや、しかし……」

お父様の方をチラッと見る、エルさん。

「じゃあ、初回、ナンシーと一緒に来たらいいですか？」

「えっ!?」

エルさんがビクッとする。

（ん？　どうしたのかしら？　元魔物討伐団なら、ナンシーとも顔見知りだから大丈夫でしょ？）

「ん、まぁ、ナンシーが側にいるなら大丈夫か」

「えっ！　スタンリー様、それだけは、それだけは、どうかお慈悲を」

「エル。すまん、諦めろ」

なぜ、お父様が謝る？

その後、グレイに聞いたところ、ナンシーはエルさんが魔物討伐団に入団した時の教育係だったらしい。新人の時、かなりハードな教育だった為、それがトラウマなのか、未だにナンシーのことを恐れている。

「あっ、そうだ。まず、みんなで今夜バーベキューでもします？」

「「「バーベキュー!?」」」

「外でみんなで火を囲んで、肉や野菜を焼いて食べたりするんです。私たち家族、使用人、私兵団みんなで親睦を深める為にご飯を一緒にするんです」

「親睦を深めるって、なんで？」

ジーン兄様が聞く。

「だって、みんなランペイル家の家族でしょ？」

「「「っ！」」」

「ジョアーン、なんて良い子なんだ。そうだな、みんな家族だな。よし、みんなでバーベキューとやらをしよう」

お父様が、快く了承してくれた。

バーベキュー開始は一八刻。それまでに、色々と準備しましょ。


ランチの後。

バンッ。

「「うわっ！」」

「あっ……えへっ」

「こら、お嬢。えへっ、じゃない！　ドアは静かに開けろ」

エイブさんに怒られた。

「ごめんなさい」

「はぁー、で、どうした？」

「あっ、今夜みんなでバーベキューします！」

「「バーベキュー？」」

あっ、やっぱりそこから？

「えーっと、屋外で肉や野菜を食べることなんだけど。今夜、ランペイル家の親睦会ってことで、私の家族と使用人と私兵団みんなで食べるの」

「へっ？　全員っすか？　旦那さんたちと？」

「うん、みんなランペイル家の家族だもん。みんなで食べたら美味しいよ？」

「「「……」」」

ん？　何かおかしなこと言ったかな？

「お嬢、わかった。指示してくれ」

そう言いながら、エイブさんは私の頭をワシャワシャとちょっと乱暴に撫でた。

「じゃあ、バーベキューの準備しまーす！　野菜は、タマオンを厚さ一センチぐらいにスライス、ピーパー（ピーマン）は半分に、コーモロコシ（とうもろこし）は三等分、ナッスー（ナス）は半分で隠し包丁で」

「お嬢様〜、隠し包丁ってなんですか？」

野菜担当のアニーちゃんが聞く。

「えーっと、こうやって皮の部分に格子状に切れ目を入れるとスープやタレ……ソースが染みてナッスーが美味しくなるの」

「へぇ〜スゴいですね。ナッスーって味染みなくて嫌いだったんですよぉ。こうしたら、美味しいですかね？」

「うん、美味しいから、今夜チャレンジしてみて」

「はい、楽しみにしてます」

んー、アニーちゃん可愛い。

「肉は、牛と豚は厚さ五ミリぐらいで。鶏は一口大ぐらいかなぁ。あっ、鶏の骨はこっちの鍋に入れといてー」

「鍋に？　骨だぞ。ゴミだろ？」

「ゴミじゃないよ。良い出汁《だし》……スープが出るから」

「まぁー、良いけど」

「で、ソーセージにも斜めに隠し包丁を。ベーコンは厚めにスライスで」

「「了解」」

肉担当はエイブさんとベンさんにお願いする。

「じゃあ、私はタレを作ろっかなぁ～」

醤油がないから、塩ダレよねぇ。ネギ塩ダレ、塩レモンダレも捨てがたいし。あっ、いっそのこと、ネギ塩レモンダレにしよう。

「ふん、ふふん、ふ～ん。塩と～セサミ油と～ネーギ（長ネギ）のみじん切り～。最後に～リモン汁で、ま～ぜまぜ～。美味しくな～れ～って、ま～ぜまぜ～」

焼肉のタレを作るだけなのに、鼻歌を歌ってる私は、みんなに背を向けているので、見られているのに気づいてなかった。

「鼻歌まで歌って、何か楽しそうっすね」

「ほんとにな。混ぜてるだけだろ？」

「お嬢様が楽しいなら、それで良いんですよー」

あっ、ガーニック塩ダレも作っておこう！　きっと男の人は好きかもしれない。

「ガ、ガ、ガ、ガ～ニック。トントントンとみじん切り～。塩、塩、塩とセ、セ、セ、セ、セサミ油。胡椒をパッパと入れまして、ま～ぜまぜまぜ、ま～ぜまぜ」

「「「ぶっ、ははははーーっ」」」

（あっ、しまった……。集中して周りに人がいるの忘れてたー。穴があったら入りたい）

そーっと、後ろを振り返ると……お腹を抱えて笑うエイブさん、ベンさん、ノエル兄様、ジーン兄様。俯いて肩を震わせている、サラとアニーちゃんがいた。

「な、なんでお兄様たちがいるんですか!?」

「ぶふっ……ジョーが、厨房行ったっきり……ふふ……なかなか帰ってこないから……ふふふ」

ノエル兄様、笑いながら話さないで。

「あはは……ジョー……あははは……何……ぶはっ……作って……あははは一っ」

ジーン兄様は、もはや何言ってるのかわからないわ。

「うぅー……そんなこと言う、お兄様たちには、味見させませんー　あーあ、せっかく美味しくできたのになぁ～」

「「っ！」」

「えっ、あっ、ごめん。ジョー、本当にごめん」

「ねぇ、ジョー、機嫌直してよ。いつもの可愛い笑顔を見せて」

お兄様たち、必死だわ。

「もう、笑わないで下さいよ」

「「うん。ありがとう」」

うっわ、切り替え早っ。

「じゃあ、みんなで味見しよー！」

「「「「「おー！」」」」」

　スライスしてもらった豚肉を焼く。

「こっちのタレが、ネーギ塩リモンダレ。で、こっちが、ガーニック塩ダレです」

「「うっま――!!」」

「「美味しいですぅ～！」」

「お嬢、うまい！　ガーニックがガツンときて、これは病みつきになるな」

「ネーギ塩リモンダレは、さっぱりとしてて良いね。やっぱりジョーの作るのは美味しいなぁ」

　味見は高評価だわ。

「このタレがあれば、肉も野菜も美味しく食べられますよね？　サラダにかけても、美味しいと思うんですけど、どうですか？」

「お嬢、ここまで簡単に作れてうまいなら、言うことなしだ」

「このタレを遠征とかに持っていけば、食事改善にもなると思うんです」

「なんで遠征なんすか？」

　私は午前中に聞いた、私兵団の食事改善の話をエイブさんとベンさん、アニーちゃんにする。

「私兵団とこ、そこまで酷かったんすね」

「そうみたい。だから、私が調理指導に行こうと――」

「「ダメです！」」

　サラとアニーちゃんから同時に言われる。

「お嬢様、私兵団は男性ばかりですよ！」

　あっ、お父様と同じ感じなのねぇ。

「安心して、初回行く時は一人で行かないから」

「お嬢、もしかしてボディガードは俺ってことか？」

「あっ、エイブさんじゃないですよ。私の憧れの人です。戦い方がキレイで、強くて格好いいの」

「えーっ、お嬢さんの憧れって誰っすか？　もしかして……俺っすか？」

「お前じゃねーだろ、ベン。お嬢、誰だ？」

「ナンシーでーす」

「あー。じゃあ、勝てねぇっす」

「……（エル、ご愁傷様だな）」


演習場にて。

準備は、私兵団も手伝ってくれた。【土】属性のキラさん、若手のエリーさん（♂）には竈《かまど》を作ってもらい、鍛冶屋の次男マーティンさんには、実家で鉄板と網を作ってきてもらった。もちろん野外なので、テーブルとイスはない。代わりに薪《まき》になる前の丸太を何個か置いておく。

食材を厨房のみんなと一緒に焼き始め、飲み物も配る。今夜は、ビールに似た《エール》、カクテルの《ギムレット》《ソルティードッグ》。ノンアルコールは、以前も作った《シンデレラ》《アイスミランジティー》。

「いつも、我が家の為に尽くしてくれてありがとう。今夜はお腹いっぱいになるまで、飲んだり食べたりしてくれ。では、ランペイル領の発展とみんなの健康に……乾杯」

「「「「「「「「乾杯！」」」」」」」」

「うっま――！」

「こんなうまいの、食ったことねーよ!!」

「このガーニックのタレ、最高だなー」

「タマオンって、焼くとこんなに甘くなんのか?」

「ナッスーだって味が染み込んでて、こんなにうまいなんて知らなかった」

私兵団にバーベキューは、大好評だった。タレも、気に入ってくれたようだ。

「んー、このカクテル美味しいー!」

「ラムブレープとクリームチーズって合うのね～」

「ネーギ塩リモンのタレは、さっぱりしてて肉が食べやすいわ～」

「ガーニック塩ダレで食べる肉も、うまいぞ。エール合う!」

「おい、そのカナッペとやら俺にもくれよ」

「うるさいなー。あんたたちはそっちの野菜食べてなさいよ!」

「コーモロコシって、茹でるより焼いた方がうまいなぁ」

「うん、でも、なんだかしょっぱいな」

使用人たちも喜んでいる。おつまみのカナッペは、主に侍女たちが食べてるわ。もぉー仲良く食べてよ～。

「お父様、お母様どうですか? バーベキュー」

「おー、可愛いジョアン。このガーニック塩ダレがうまいな。いつも以上に食べてしまいそうだよ」

だから、枕詞がおかしい。

「お父様、ガーニック塩ダレにはエールが合いますよ」

そう言って、ストレージからキンキンに冷えたエールを出して渡す。

「くぅ――。これは、堪《たま》らんなぁ」

「ジョアーン、スタンだけズルいわー」

お母様、拗ねないで。

「お母様には、こちらを」

ストレージから《ビアスプリッツァー》を出して渡す。

「んー、美味しい。新しいカクテルね」

「はい、そうです。ビアスプリッツァーといって、エールと白ワインを同量で合わせた物です」

「「ごくっ」」

生唾を飲む音が聞こえた……グレイとナンシーね。私は、二人の方を向き聞く。

「どちらが良い？」

「エ、エールを……」

「カクテルをお願いします」

グレイにエール。ナンシーにビアスプリッツァーを渡す。

「「んー！」」

喜んでもらえたようで、良かった。

「お父様、家族みんなで食べると、美味しいですね？」

お父様は周りを見渡しながら
「あー、確かに。こんなに私兵団、使用人と接したことがなかったからなぁ」

「本当にそうねぇ。みんな楽しそう。それに懐かしいわぁ。ありがとう、ジョアン」

お母様も喜んでくれたみたいね。

「お母様、懐かしいとは？」

「あら？　言ってなかったかしら、魔術師団にいた頃に遠征で、こんな感じでよく食事をしたのよ」

「確かに懐かしいですね。魔物討伐後の宴《うたげ》もこんな感じでした」

ナンシーも言う。

「こんなに美味しい食べ物と酒はなかったがな」

お父様も懐かしいのね。

「お父様、このタレがあれば遠征でも美味しく食べられると思いませんか？」

「遠征？　どうして？」

あの時いなかった、お母様とナンシーにも私兵団の食事改善のことを話す。私が調理指導に行くことになったことも。お父様とグレイは、俯いて小さくなっている。

（あっ、ナンシーに調理指導の付き添いお願いしないといけないんだったわ）

「それで、ナンシーに付き添ってほしいの。初回だけで良いから」

「えっ、私でございますか？」

「うん、だって私が今まで見た中でナンシーが一番強くて格好良かったから」

「うふふふっ、確かにそうね」

お母様も納得してくれてるわ。

「だから、ナンシーお願いします。明日、二刻間だけで良いから私に時間を下さい」

ナンシーに頭を下げる。

「私でよろしければ、喜んでボディガードをいたします」

「ありがとう」

これで、調理指導は大丈夫ね。

他のみんなのところにも行ってこようかしら？　タレの評価も聞きたいし、遠征にどうか聞きたいしねぇ。それと、お父様から『お嬢様』呼びを名前呼びに変える許可もらったから、言い回らないとね。

「いっぱい食べてますかー？」

まずは、私兵団のグループに声をかける。

「あっ、お嬢様。今日は本当にありがとうございます」

「「「「「ありがとうございます」」」」」

みんなから、お礼を言われる。

「っ！　ど、どういたしまして……あっ、えへっ」

予想以上の大きな声で、ビックリして噛んでしまった。首を傾げて笑って誤魔化しておく。

「「「「「っ！（か、可愛い）」」」」」

なぜか、みんな顔が赤い。いきなり大きな声出したから酔いが回ったのかしら？

「で、どうですか？　お腹いっぱいになりました？」

「はい、こんなにうまいご飯久しぶりっす……です」

そう言うのは、ナットさん。私兵団の中の同世代では一番小柄だけど、その身軽さを生かして戦っているらしい。

「ふふっ、敬語無理しなくていいですよ。あと、私のことは名前呼びでお願いします」

「いや、いや、いや、それは――」

「あっ、名前呼びはお父様から許可もらっているんで大丈夫ですよ」

「ジョ、ジョアン様……敬語、使い慣れてないですけど、頑張りますから」

「えー無理しなくて良いんですよ。これから、ちょくちょく私兵団の寮にお邪魔しますし」

「本当に料理を教えてくれるんですか？」

聞いてきたのは、ガンさん。実家は大工と木工工房を営んでるところの三男。甘いマスクのイケメンさんで、街に行くと女の子からよく声をかけられるらしい。さらにノエル兄様と同級生で、今は週末私兵団。

「はい、教えるのが私なんで申し訳ないですけど。頑張りますので、よろしくお願いします」

意気込みを伝えて、頭を下げる。

「うわぁ、頭を上げて下さい！　お、俺、平民なんで!!」

「でも、貴族でも平民でも関係なくお願いする場合は、頭下げるべきだと思うんですけど……」

「それは旦那様とかは知ってるんですか？」

マツさんが聞いてくる。私兵団の中でもベテラン枠に入る、大剣使いのマツさん。エルさんと同じく魔物討伐団にいたらしい。

「もちろん。私が頭下げるのは、屋敷の人間はみんな知ってますよ」

「変わってますね、ジョアン様」

そう言うのは、マーティンさん。バーベキューの鉄板と網を作ってくれた、鍛冶屋の次男。ジーン兄様と同級生で、ガンさんと同じく週末私兵団。

「おい、マーティン！　失礼だぞ!!」

紫色の髪のオーキさんが怒る。私兵団の中で一番大きい人で、立っていられると見上げる私の首がもげる。

「オーキさん、大丈夫ですよ。変わってて良いじゃないですか、私の個性だもの。でも、頭を下げるのはやめないですよ？　私は、それが誰に対しても礼儀だと思いますもの」

「「「「「……」」」」」

「それと、私としては私兵団の皆さんと仲良くなりたいので、敬語は禁止で。ねっ？」

「本当に、良いんですか？　不敬になりませんか？」

「大丈夫です。お父様たちにも話してありますから」

もちろん、既に許可は取ってある。ただし、相手に無理強いをしないということが前提だが。だから、ダメ押しで……

「お願い、ダメ？」

と、手を合わせながら、あざとく首を傾げる。末孫ニコの真似してみたけど、どうかしら？　ニコがやると、効果抜群だったけどね。息子なんてメロメロだったわ。

「ちょっと待って下さい」

オーキさんは、そう言うとみんなで円になって小声でコソコソ相談する。

「おい、どうするよ？」

「いや無理だろ、さすがに」

「でも、俺、ジョアン様のお願いが可愛くて、無理だと言えない」

「旦那様の許可ももらってるって言ってたぜ」

「じゃあ、良いんじゃないっすか？」

「だな」

「敬語じゃなくなったら、仲良くなれるかもしれない」

「「「「うん」」」」

ようやく戻ってきたわ。で、結局どうなのかしら？

「じゃあ普段の言葉使うから、料理教えてくれる？」

ニコッと、人懐っこい笑顔でマーティンさんが聞いてくる。

「うん、私で良ければ教える。よろしくね」

私もニコッと笑ってみる。

((((((可愛い――！))))))

よーし、これで無理して喋《しゃべ》らなくて良いところゲット！　これで厨房と私兵団は、私の憩いの場所となるわ。小さくガッツポーズをする。

それを見ていた私兵団は……。

(ヤバい、可愛いくてヤバい！)

(ぎゅーってしたいと思うの俺だけ？　えっ？　俺ヤバい？)

(抱っこしてあげたい)

(頭撫でてあげたい)

(今、五歳……俺と六歳差。イケるか？　でも、俺、平民だしな。でも本当にジーンの妹なのが信じらんねー)

ヒョイッ。

いきなり目線が高くなった。

「よっ、お嬢。楽しんでるか？」

エイブさんだった。

「もぉー！　お嬢じゃなくて名前で呼んでって言ったのにぃー」

頬を膨らませる。すると、なぜかJr.メンバーが顔を赤くする。

「こら、お嬢。そんな可愛い顔すんな。若いのが勘違いするぞ」

と、エイブさんに頬を摘まれる。

「ん？」

「まっ、わかんねーならいいや。オマエら、お嬢に料理教えてもらうんだから、ちゃんとしろよ」

「「「「はい！」」」」

こうしてなんとか私兵団に受け入れてもらった。次は使用人たちのところに、行ってみようかなぁ。

私が、今後動きやすくなる為の賄賂配らないとねー。


エイブさんに抱っこされたまま、使用人グループのところに連れていってもらった。

「上から失礼しまーす。楽しんでますかー？」

エイブさんに抱っこされたまま、使用人グループに声をかける。

「あっ、お嬢様。楽しんでいますよ、ありがとうございます」

「このネーギ塩リモンのタレ、さっぱりしてて食べやすいです」

「そーなんです。食べすぎちゃいそうですよ」

みんな楽しんでくれてるようで安心する。エイブさんに下ろしてもらって、準備していた物をストレージから出して侍女たちとアニーちゃんに渡していく。

「これ、日頃の感謝を込めて……どーぞ」

油紙に包まれ毛糸で封をされた簡易包装の物を、みんな戸惑いながらも受け取る。

「えーっと、油紙の中にドライフルーツのクッキーとナッツのクッキーが入ってるよ。あと、その毛糸は伸縮する編み方で編んでるから、良ければ髪紐《ひも》とかで使ってみて？　こんな風に」

と、後ろを向いて自分がその編んだ毛糸でポニーテールをしているのを見せる。

「「「「ありがとうございます」」」」

「お嬢様〜いつの間に作ったんですかー？」

サラが聞いてくる。

「ふふっ、内緒〜。だって、女は秘密の一つぐらいあった方が良いってお母様が言ってたから」

キラさんがやっていたように、口元に人差し指を置きウインクしてみる。

「「「「っ！」」」」

（いやーん、お嬢様が可愛すぎる）

（奥様の英才教育がスゴい）

（奥様、グッジョブですー）

（五歳でこれは……後々大変だわ）

（お嬢様とお揃いの髪紐……家宝にするわ）

「お嬢様〜、伸縮する編み方初めて見ました〜」

サラがビックリしている。

あら？　この世界では、ストレッチ編みってないのかしら？　簡単なんだけどねぇ。……ってことは、売れる？　お小遣い稼ぐことできるんじゃないかしら？

「ねぇ、サラ。この髪紐売れると思う？」

「もちろんです！　まずは、奥様に話してみましょう！（勝手に商人と交渉する前に、奥様とナンシーさんに報告しなきゃ、私が怒られるわ）」


「で、男の方にはこっち」

またストレージから同じような包みを出し、エイブさん、アーサーさん、ベンさん、庭師のトム爺《じい》さんとマイクに渡す。

「中はナッツのクッキーとソルトバタークッキーよ。油紙を結んでいるのは、刺繍《ししゅう》糸で作ったミサンガっていうお守りアクセサリーなの。手首に巻いておいて。切れたら願いが叶《かな》うものだから、つける時に願いを込めてね」

「良いんですかい？　わしまで」

トム爺さんが聞いてくる。トム爺さんは六〇歳だが、元々冒険者だったらしく身体ががっしりとしている。屋敷には街から通いでやってくる庭師。

「もちろんよ。トム爺さんには色々お世話になってるもの。あっ、これはザーラさんに渡してね」

そう言って、髪紐付きの油紙を渡す。ザーラさんはトム爺さんの奥さんで、街で花屋を営んでいる。

「俺たちだけじゃなく、ばあちゃんにまでありがとうございます。お嬢様」

お礼を言うのはマイク。トム爺さんとザーラさんの孫で、街でトム爺さんたちと一緒に住んでいる。

「あーもぉー、みんなお嬢様じゃなくて、名前で呼んでってばー」

ぷーっと頬を膨らませる。

「あはは、お嬢さん、ほっぺ膨らませても可愛いだけっすよ」

ベンさんから笑われる。

「ほらーまた。名前で呼んで、ダメ？」

私兵団でもやったように、手を合わせながら、あざとく首を傾げる。

「「「「「「「「っ！」」」」」」」」

（（キュンキュンする――））

（ヤバい、可愛いすぎるー！）

（ぎゅーってしたい!!）

（持ち帰りたい）

（いや～ん、あざとさが可愛いすぎる～）

（頭を撫でてやりたい）

なぜか、こちらでも顔が赤くなってる人がいる。みんな、呑みすぎなんじゃない？

「ダメじゃないっす。でも、いいんすか？　本当に」

「もちろん！」

「じゃあ、頑張るっす」

ん？　何を？　まぁー、ともかく一応全員に名前呼びをお願いしたから、明日から変わるかしら？

「お嬢……じゃなくて、ジョアン様～」

アニーちゃんが近くに来る。

「アニーちゃんには、様もつけてほしくないんだけどなぁー。無理よね？」

ぶんぶん音が鳴るんじゃないかと思うぐらい、首を振る。

「ジョアン様、バーベキュー、本当にありがとうございます。家族って言ってもらえて……私、スゴく嬉しくて。なんて……お礼を言ったらいいいか……わからなくて……」

と言いながら、アニーちゃんは涙ぐむ。

「ど、どうしたの？　アニーちゃん、どこか痛いの？」

心配になって聞くと
「違うんだ、お嬢。アニーは孤児院出身なんだよ。奥様が孤児院を訪問した時に、アニーを見初めてここへやってきたんだよ」

「はい、だから……引き取ってもらっただけでも……ありがたいのに……学校も行けて……。しかも……ジョアン様に……家族だって……言ってもらって……初めての家族で……嬉しくて」

泣きながらも気持ちを伝えるアニーちゃん。

「そうだったんだ。ごめんなさい、知らなくて。でも、この屋敷にいる人は家族って思ってるよ。みんなに支えてもらってるから、生活できるんだし。だから、泣かないでアニーちゃん。感謝してるのは、私の方だよ」

そう言い、アニーちゃんをぎゅっと抱きしめる。

「うぅー、ジョアンざまぁー。ありがどうございまずぅー」

「ほら、アニー。お嬢が困ってんぞ。もう、泣きやめ。なっ」

エイブさんが宥《なだ》めるが、なかなか泣きやまない。

「そんなに泣くと、目がなくなっちゃうよー」

しばらくして泣きやんだアニーちゃんは、泣いてお腹が空いたと、また肉を食べていた。

アニーちゃん、逞《たくま》しいわ。でも、やっぱり孤児院ってこの世界もあるのね。今度、お母様が行く時連れていってもらえるかしら？

第九章　私兵団寮で料理教室

一夜明け。六刻前。

いつもより遅く寝たのに、結局いつも通り早起きしちゃったわ。年寄りの体内時計、恐るべしね。それにしても、昨日は、みんなで飲んで食べて楽しかったわ～。定期的にみんなでご飯できたら良いわねぇ。さっ、恒例の屋敷内散歩に行きましょ。ゴールはもちろん、厨房。今日はパンを作るから、頑張らないとね。

自室を出ると、みんな早くも掃除をしてる。

「おはよう。朝からありがとう」

「「「おはようございます。ジョアン様」」」

良いわね～名前呼び。様付けもいらないんだけど、それはダメって言われちゃったし。まっ、しょうがないわねぇ。

「おはようございます、ジョアン様。厨房までお散歩ですか？」

ナンシーも声をかけてくる。

「おはよう、ナンシー。うん、お散歩。今日は、ふわっふわのパンを作るのよ」

「ふわっふわのパン……ですか？」

「うん、期待しててねー」

そう言って、厨房に向かう。

厨房の扉を、いつもと違って、そーっと開ける。まだ、誰も気づいてない。

「おっはよ――――！」

「「「うわっ！」」」

エイブさん、アーサーさん、ベンさんが驚く。

「こぉらー、お嬢。ビックリすんだろー！」

「えへへっ、でも扉はそっと開けたよ」

「そういうことじゃないんすよ。ジョアン様」

「はーい」

反省の色が見えない返事に三人は苦笑した。

「っということで、ふわっふわパンを作ります！」

「何が、ということなのかわかんねーが、ようやく作るのか」

「うん、やっと天然酵母ができたからね」

リップルを漬けた水を見せる。

「それが、ふわふわの元なのか？　リップルを漬けただけの水が？」

「ふわふわじゃなくて、ふわっふわなの。ふわっふわ！　まぁ、見てて下さいよ。エイブの旦那」

「「「クックク」」」

「強力粉、バター、砂糖、塩、天然酵母をボウルに入れて混ぜる。で、纏まってきたら台に移して、さらに捏《こ》ねる。一五分ぐらいね。その後布巾をかけて、オーブンで一次発酵させるの。低温で二～三倍に膨らむまでね。ってことで、師匠、オーブンお願いします」

「了解！」

「その間に、昨日取っておいてもらった、鶏がらを調理しちゃおう！」

「鶏がらって、あの骨のことか？」

「そう、美味しい出汁が出るんだよ」

「「出汁？」」

「えーっと、スープ？　それを使うと、料理がもっと美味しくなる！」

「マジっすか？」

「ふふっ、マジっす！」

「まず、鶏がらの汚れを取って、内臓とか血合いもキレイにね。鍋に鶏がらと水、ネーギの青い部分、ションガー（しょうが）入れて煮込む。以上」

「「はっ？」」

「それだけ？」

「うん、それだけ。最初、強火で沸騰したら、中火で煮てアクが茶色くなったら取る。その後、弱火で三時間煮込む」

「意外と時間かかるんすね」

「でも、美味しいスープが出るよ」


しばらくして、パン生地の第一次発酵が終わった。

「じゃあ、生地を切り分けて〜空気を抜きながら成形」

四人で生地を、一心不乱に丸める。

「できたら、布巾かけてもう一度オーブンに。また低温で」

「意外と時間かかるんですね」

アーサーが汗を拭きながら言う。

「ん～でも、必要な工程だしねぇ」

また、しばらくして第二次発酵が終わる。

「膨らんだから、次はいつも通りに焼いて完成ー」

「おう、ようやくだな」

オーブンで焼き始める。

「じゃあ、一息入れよう。チャララ、チャッチャラーン……はい、アイスティーー！」

と、アイスティーをストレージから出しながら言う。

「ぶふっ。なんすか？　その、チャララ、チャッチャラーンって」

「うん、気にしないで」

誰も知らないのわかってるけど、言いたくなっちゃったのよ～。

「おっ、良い匂いしてきたな」

「よし！　ジョアン様、焼けましたよー」

「じゃあ、味見しよう！」

二個を半分して、四人で味見する。

「「「っ！」」」

「どう？　ふわっふわでしょ？」

「なんだこれ？　すっげーうまいぞ！」

エイブさんが大声で言う。

「今まで俺たちが食べてたパンって、石だったんすか」

ベンさんは柔らかさにビックリしている。ようやく敬語を取ったアーサーも。

「うん、全然違うねー」

「これ、全部私のストレージに入れておいていい？」

「なんだお嬢、欲張りだな」

「違うって、みんな食べる時に出したら焼きたて食べられるんだよ？　その方が、絶対うまい！」

「「確かに！」」

満場一致で、私が預かることになった。

そして、また……

「ジョアン様〜。あっ、いた。そろそろ……って、また真っ白じゃないですか――！　ほら、お部屋行って着替えますよ――！」

「あぁ――――」

例のごとく、サラに引きずられて部屋に戻る。

「あーあ、またサラに引きずられていったっすね」

「俺がジョアン様に【クリーン】すれば良かったんじゃね？」

「アーサー、お前今更だな。にしても、驚いたな。リップルの水だけで、こんなにふわふわなパンになるとはなぁ」

「料理長違いますよ、ふわっふわっすよ」

「アッハッハッハ、確かにふわっふわだな」

「でも、これが毎日食べられたら最高だな」

「あとで、アニーに教えながら練習だな」

「「はい!!」」

「あっ、でも料理長。ジョアン様が言うに今までのパンもフレンチトーストやパン粉に適してるって言ってたんで、たまに作ってジョアン様のストレージに入れておいてもらわないとっすね」

「あー確かに、あのフレンチトーストはうまかったもんな」

「私兵団も食事改善できれば、怪我や病気も減るだろうな。お嬢は教えるのに苦労するかもしれないがな」

「それよりジョアン様に変な虫がつかないように、気をつけないとじゃないっすか?」

「一番若いのが、ジーン坊ちゃんと同級生だよな?　あぶねーな。やっぱり、俺がジョアン様を抱っこしながら、教え――」

ゴツン。

「いったっ!」

「はぁー。アーサー、お前が、あぶねーよ」

「あーあ、ホントこりないな」


着替えを済ませ、ダイニングでみんなを待つ。しばらくすると、ノエル兄様とジーン兄様、お母様は来るがお父様が来ない。

「お母様、お父様は?」

「あー、スタンは二日酔いよ。調子にのって呑むからよ」

「「あぁー」」

子供三人が納得する。

「スタンは放っておいて、朝食をいただきましょう」

お母様が言うと、朝食が運ばれてくる。

「あれ？　パンがないけど？」

ジーン兄様が気づく。

「ジーン兄様、私が持ってます。今朝は私が作ったパンだから、焼きたてを食べてもらいたくて」

「ジョー、パンも作れるの？　本当に最高の妹だよ」

「ありがとう、ノエル兄様」

三人の前に、パンを出す。

「「「いただきます」」」

いつの間にか、みんなで食事前の挨拶をするのが習慣となっていた。

「「っ！」」

「何？　このふわふわのパン。王都でも食べたことないよ、初めて食べた」

「うっま!!　こんなにパンって美味しかったんだな」

「これならスープにつけなくても、食べられるわね」

「喜んでもらえて良かったです」

モーニングティータイム。

「ジョー、今日は何するんだ」

ジーン兄様が聞く。

「今日は、後で私兵団へ調理指導に行くの。週末行かないとマーティンさんとかに、教えることできないから」

「あー、確かにな。じゃあ、俺も一緒に行くよ」

「本当？　ジーン兄様。一緒に行ってくれるの？　嬉しい！」

「あっ、はいはーい。僕も一緒に行くよ」

「ノエル兄様も行ってくれるの？　ありがとう」

（変な虫つかないように見張ってないと）

ノエルとジーンは、無言で目を合わせ頷く。


その後、食堂に行って使用人たちにも、ふわっふわのパンを渡した。もちろんパンは大好評だった。いつもは一個も完食できないザックが二個食べて、ナンシーも驚いていた。

やっぱり料理して、誰かに喜んでもらえるって嬉しいわねぇ。あとは私兵団の食事をどうにかしないとねぇ。

✦✦✦

ノエル兄様、ジーン兄様、ナンシーと共に私兵団の寮に来た。

「お邪魔しま──す」

「あっ、ジョアン様来てくれたんですね。ありがとうございます」

Jr.メンバーのリーダーであるオーキさんが出迎えてくれ、食堂に案内してくれる。他のメンバーは既に食堂にいるらしい。

「今日は、よろしくお願いします」

「「「「「よろしくお願いします」」」」」

「まずは、冷蔵庫とパントリーの在庫を見せて下さい」

厨房は、屋敷のより小さいがアイランドキッチン仕様で使いやすそうだ。

食材も一通り揃っているようね。野菜もあるし、肉も豚肉、鶏肉……ん？　これはなんの肉？

「あの〜、コレってなんの肉ですか？」

「あっ、ルフバードですよ。魔獣です。この前、領地の西の森で狩ったんですよ」

なんですとー⁉　ルタとやっていたゲーム《魔獣狩人》が、リアルにできるなんて、異世界転生してみるもんねぇ。それにしても、魔獣って食べられるのかしら？　でも、冷蔵庫にあったから、食材？　あっ、サーチすれば良いのか。（【サーチ】）

［ルフバード］
　大型の鳥型魔獣。警戒心が強いが、夜間は鳥目の為周りの状況を確認できない。
材質：鶏肉っぽい。よく動く為肉質が締まっていて弾力がある。
　ニワトリってよりは地鶏みたい。
食用：もちろん可。一羽で一五〇人前ぐらいかな。
　ここにあるのは五〇人前ぐらい。
食べ方：鶏肉と同じ。
　ステーキ、唐揚げ、カツｅｔｃ.

補足：ランペイル領の西の森産。

　討伐の時に、トドメを刺したのはナット。飛び乗って首をスパーって落としたよ。

「っ！」

　サーチの説明が、前世寄りになっているわ……。わかりやすくて助かるけどね。補足……ご丁寧に最期の情報くれるのね。

「ジョー、どうしたの？」

　固まって何も話さないのを心配して、ノエル兄様が話しかける。

「うん？　大丈夫。ちょっとビックリしただけ。……ナットさん、スゴいですね。スパーって首落とせるなんて」

「っ！　なんでジョアン様が知ってんの？」

　ナットさんが驚く。

「あー、えーっと【サーチ】したら……出た」

「「「「「「「は――!?」」」」」」」

「ですよね〜。まさか【サーチ】で、そんなことまでわかるなんてビックリするわよねぇ。私もビックリだもの〜。

「ねっ、ねっ、ジョー。その【サーチ】見たい!!」

　ノエル兄様が興奮気味に言う。

「いや、ノエル【サーチ】が見えるわけないだろ？」

　ノエル兄様の同級生、ガンさんが呆れたように言う。

「ガン、ウチの可愛いジョーはできるんだよ！　可愛いだけじゃないんだぞ」

ノエル兄様、説明が残念です。

「あー、ガンさん。一応、できるんです。ちょっと待って下さいね。【サーチ　オープン】」

［ルフバード］
　大型の鳥型魔獣。警戒心が強いが、夜間は鳥目の為周りの状況を確認できない。
材質：鶏肉っぽい。よく動く為肉質が締まっていて弾力がある。
　××ってよりは××みたい。
食用：もちろん可。一羽で一五〇人前ぐらいかな。
　ここにあるのは五〇人前ぐらい。
食べ方：鶏肉と同じ。
　ステーキ、唐揚げ、カツｅｔｃ.
補足：ランペイル領の西の森産。
　討伐の時に、トドメを刺したのはナット。飛び乗って首をスパーって落としたよ。

「「「「「マジかっ！」」」」」

あっ、この世界で存在しないのは表示されないのねぇ。ってことは、ニワトリも地鶏もこの世界にはいないんだ。ん？　でも、唐揚げとか、カツとかもないんじゃないの？

――へイ、アシストちゃん。教えて～。この世界に唐揚げとカツってあるの？

――Ａ：まさか、ないよー。でも主が作ったら存在するから、表示しといた。

――J：マジか？

――AI：うん、マジ。

【アシスト】と普通に会話できるようになっていたわ。しかも、先々の私の行動予測して表示してるなんて。AIもビックリよ。

食材の在庫も確認したところで
「えーっと、今までは肉を焼いて、生野菜を食べていたんですよね？」

Jr.メンバーに聞いてみる。

「うん、それ以外の調理の仕方知らなかったから……」

リュウジスさんが頭を掻きながら申し訳なさそうに言う。

「大丈夫、知らないことは今から学べば良いんだよ。一緒に頑張ろ！」

そう言うと、なぜかみんな顔が赤くなる。知らないことは、恥じることないのに。

「じゃあ、唐揚げと野菜オムレツを作ります」

唐揚げチームに、ナットさん、エリーさん、リュウジスさん、マーティンさん。オムレツチームに、オーキさん、オミさん、ガンさんを分けた。

「オムレツチームの人は、タマオン、ピーパーをみじん切りに、ジャガトは皮を剝いてさいの目切りにして茹でて下さい。ベーコンも同じさいの目で。あと、卵を割って溶いておいて」

「ジョアン様……さいの目切りって？」

ガンさんが聞く。

「あっ、えーっと小さめのダイスに切ることです。こんな感じに」

「あっ、わかった。やってみる」

「唐揚げチームの人は、ルフバードの肉を一口大に切って、ガーニックのすりおろしと塩を振りかけて軽く揉んでおいて。で、衣をつけて揚げるから。衣は小麦粉と片栗粉を同量と水でトロトロぐらいに混ぜて」

「「「了解」」」

「いてっ！」

ガンさんが包丁で手を切ったようだ。

「大丈夫？　ちょっと見せて」

とガンさんの手を取り、切った箇所を手で覆う。

「痛いの痛いの飛んでいけー（【ファーストエイド】）。はい、これで大丈夫」

私兵団の前でスキルを使っていいかわからないから、《おまじない》ってことにしておきましょう。後で、お父様に聞かないといけないわね。

「っ！」

ガンが自分の指を見ると、血が止まり痛みもなくなっていた。

「あっ、ありがとう。ジョアン様」

「ううん、気をつけてね」

そう言って、他の人の様子を見に行った。

ガンが手を握られた箇所を触りながら、ボーッとしてるとノエルが近寄ってきた。

「ガン、何赤くなってんだよ。お前、いくら可愛いからって僕のジョーに変なことすんなよ」

そう言って、ノエルもジョアンの方に行った。

「変なことなんてしねーよ。……変なことは」

と言う、ガンの呟きはノエルには聞こえていない。……が、スキル【隠密】で気配を消していたナンシーは生温かい目で見ていた。

「はい、どちらのチームも下準備はできたみたいだから、ちょっと休憩にしましょ」

ストレージから冷えたアイスティーとミランジジュース、ソルトバタークッキーを出す。みんなにアイスミランジティーを配り、自分も飲む。

(んー。やっぱり美味しいわ。今度はリップルティーも作ってみようかしらねぇ)


「休憩も取れたから、再開しまーす」

「「「「「はい」」」」」

「じゃあ、オムレツチームはフライパンにサラダ油を入れて熱してタマオンとピーパーを中火で炒めて。タマオンが半透明までなったらベーコンとジャガトを炒めて塩胡椒。濃いめの味付けでね。そこに卵入れて、ちょっとかき混ぜる。蓋をして弱火で蒸し焼きにするの。火が通ってきたら両面焼いて出来上がり」

「「はい」」

「唐揚げチームは、鍋にサラダ油を入れて温めて。温まったら衣をつけた肉を油に入れるの。だいたい五分ぐらいかな。で、全部揚げたら、ちょっと油の温度を上げて、もう一度揚げるの。揚げ終わったら、最後に塩をパラッて振りかけて出来上がり」

「なんでもう一度揚げるんだ?」

ジーン兄様が聞く。

「二度揚げっていって、カリッとさせる為にだよ」

「なるほどな～」

「じゃあ、気をつけて揚げてね」

「「「はーい」」」

ジュワーッ。

やっぱり、揚げ物の音だけでお腹空くわ。しかも、自分が揚げずに食べられるって、更に美味しく感じるわぁ。

「「あちっ！」」

二人一組で揚げていたが、ナットさんとマーティンさんに油が跳ねた。

「二人とも大丈夫？　早く冷やさないと」

素早く火を止め、二人の手を引っ張って水道で冷やす。ナットさんは腕だったが、マーティンさんは頬に飛んだらしい。腕はそのまま冷やせるが、顔はさすがに難しいからハンカチを濡らしてマーティンさんの顔にあてさせる。

「あー火傷《やけど》しちゃったね。痛いの痛いの飛んでいけー（【ファーストエイド】）」

ナットさんの腕の火傷を手で覆って《おまじない》もといスキルを使う。

「えっ⁉」

ナットは驚いて腕を見ると、火傷の赤みと痛みが引いた。

「マーティンさん、ちょっとしゃがんで？」

五歳と二一歳では身長差がありすぎた。しゃがんでもらって、マーティンさんの頬に手をあてる。

「痛いの痛いの飛んでいけー（【ファーストエイド】）。うん、赤みはなくなったよ。痛みは？」

そうマーティンさんに聞くと。真っ赤な顔のマーティンさんが

「う、うん。だ、だ、大丈夫」

「良かったー。火傷の跡が残ったら格好いい顔が台無しになっちゃうよ。気をつけてね」

無言で頷くマーティンさんを見て、ニコッと笑うとオムレツチームの方に行く。

その後ろ姿をボーッと見ていると、マーティンはいきなりジーンに肩を組まれた。

「マーティン、何ボーッとジョーを見てんだよ。ほっぺた触られたぐらいで、鼻の下伸ばすな！　格好いいって言われたからって、勘違いすんなよ」

「べ、別にしてねーよ」

「なら、良いけど？　お前……クッ、クッ、クッ、耳まで真っ赤だぞ」

「う、うるせー」

ジーンは笑いながらジョアンの方に向かった。それを近くで見ていたナットが、無言でマーティンの肩をポンポンと叩いて鍋の方に戻っていった。

「あー、もぉー」

と、頭を掻きながらマーティンも鍋の方に向かった。それも【隠密】しながら見ていたナンシー。

（はぁー。ジョアン様ったら、五歳でなんて罪作りなのかしら。既に二人がジョアン様に釘付《くぎ》けだわ。しかも坊ちゃんたちの同級生だなんて……これは、奥様に報告案件ね）


そろそろ、どちらの料理もできる頃ね。初めてにしては、ちゃんと教えられたんじゃないかしら？

そう考えながらみんなの料理風景を眺めていると。食堂の方が賑《にぎ》やかになる。私兵団の他のメンバーが、領地の見回りから帰ってきたようだ。

「おかえりなさい」

「「「「「っ！」」」」」

みんなが私を見て、目を大きくし顔を赤くした。あら？　熱中症かしら？

「あっ、た、ただいま帰りました」

「「「「ただいま帰りました」」」」

エルさんの後に続いて、他のメンバーも帰った旨を言う。

「今日は春の季にしては、暑かったから大変だったでしょ？」

そう言いながら、ストレージから冷えたジョアン特製スポーツドリンクを出し、みんなに配っていく。

「ありがとうございます。ジョアン様、これは？」

見慣れない飲み物を渡され、エルさんは聞く。

「リモンとハチミツと塩を入れたものです。汗をかいた時は水分だけじゃなく、塩分も取った方が良いんですよ」

本当は二日酔いのお父様の為に作ったんだけど、良いわよねぇ。自業自得の人より、仕事してきた人の方が優先権はあるわ。

ゴクッ。

「「「うまい！」」」

「「「うっま!!」」」

「もう少しで食事ができるんで、待ってて下さいね」

ニコッと笑い、私は厨房の方に戻った。

「寮で可愛い子の《おかえり》は、なんかいいな……」

「うん、なんか今ので疲れが取れた」

「毎日言ってくれないかなぁ～」

「そしたら、どんな仕事でも頑張れるな」

「あー、どんな厳しい訓練でも耐えられるな」

「「うん、うん」」

七人で話していると、足元から冷気を感じた。気配を感じてバッと振り返ると、そこには冷ややかな目を向けるナンシーが立っていた。

「「「「「「「ひぃっ！」」」」」」」

「ナ、ナンシー隊長。お疲れ様であります」

エルは咄嗟にナンシーを昔の役職で呼び、敬礼をする。

「「「「「お疲れ様です」」」」」

それに他のメンバーも続いた。

「おい、てめぇら、たるんでんじゃねーのか？　ああん？　今、どんな厳しい訓練にも耐えれるっつったよな？　嘘言ってねーよな――！　ダイ・マキース、答えろや！」

ナンシーが怒号した。

「はいっ、申し訳ありません」

「誰が、謝れっつったよ？　おい、キラ、答えろ！」

「はいっ、言いました」

「だーよーな――。じゃあ、やってもらおうじゃねーか。厳しい訓練とやらをよぉ――」

「「「「「っ！」」」」」

「おらっ、ちょっとついてこいや！　久々に、直々に指導してやらぁ――――」

ナンシーがクルッと厨房の方を見ると、入り口でノエルとジーンがニヤニヤこちらを見ている。

「あら？　坊ちゃん方、覗《のぞ》き見はいけませんよ？　……ちょっとだけ、この方たちと外に参りますのでジョアン様のことお願いしますね」

そう言い残すと、颯爽《さっそう》と演習場の方に歩いていく。その後を七人が、肩を落としてついていく。

「「行ってらっしゃーい」」

二人で手を振る。

「ありゃ、久々にマジモードだったな。ナンシー」

「そりゃ、ジョーで良からぬ妄想をしたのが悪いよ。ジーンもそう思うだろ？」

「「自業自得だな」」

そう言い、ノエルは防音の魔道具と雲隠れの魔道具のスイッチを切った。防音の魔道具のおかげで音は漏れず、雲隠れの魔道具のおかげで気配を消すことができた為、厨房にいるメンバーは食堂での一部始終に気づいていない。

「できましたよ～。って、あれ？　いない」

料理の出来上がりを食堂に伝えに来たが、食堂には誰もいなかった。

「ジーン兄様。エルさんたち知りませんか？　ナンシーもいないし」

「あー、なんか腹空かせる為に、ちょっと運動してくるって言ってたよ」

「えー、そうなんだ。じゃあ、待った方が良いのかな？」

「いや、たぶん時間かかるから先に食べておいてって言ってたよ」

「そっかぁ。じゃあ、エルさんたちの分はストレージに入れておくとして……出来たて食べよ」

「「「「「「イェ――――イ」」」」」」

「「いただきまーす」」

「「「「「……」」」」」

「えーと、その《いただきます》ってのは何？」

オミさんが聞く。

「あっ、えっーと……食事を作ってくれた人や食材になったモノに対しての感謝の言葉だよ」

「「「「「「へぇ――」」」」」」

あっ、ノエル兄様、ジーン兄様にも言葉の意味を、教えていなかったわねぇ。

「じゃあ俺たちも言おう。いただきます」

オーキさんの掛け声で。

「「「「いただきます」」」」

「「「唐揚げ、うっまっ!!」」」

「うまいな！」

「なんだこれ？　こんなにうまい食べ物、初めてだ！」

「うん、うん、うん」

「オムレツも食べ応えあって、いいな」

みんなの口に合ったようで、良かったわ～。やっぱり、唐揚げはこの世界でも万人受けするのねぇ。

オムレツもジャガトが入ってるから腹持ち良いし、私兵団にはもってこいよねぇ。

「おい、ジーン。こんなうまいもの、いつも食ってんのか？」

「ん？　そうだけど。羨ましいだろ」モグモグ……。

「あぁ、羨ましい。可愛い上に、料理上手」

「手ぇ、出すなよ！」

「……」モグモグ……。

「おい、返事しろって」

「……」モグモグ……。

「マーティン？」

「なぁ、ノエル。俺、これ自分で作ったなんて信じらんねーよ。うますぎる」

「だろ？　僕の可愛い妹は、作るのも教えるのも上手いんだ」

「学院の寮の飯がまずく感じるな」

「あー、それな。僕も思ったよ。早くジョーのご飯食べたい！　って」

「俺も明日からそーなるんだな」

「あぁ、なるよ。間違いなくね」

「……なぁ、ノエル」

「なんだよ、ガン。改まって」

「義兄《あに》と呼んでも良いか？」

「は？　どういうこと？　……ガン、君、ジョーに手を出すつもり？」

「……」モグモグ……。

「ねぇー、答えてくれる？」

「……」モグモグ……。

「それが一時の迷いじゃなきゃ、僕も考え――」

「ありがとう。お義兄《にい》様」

「やっぱり、やめた」


食後、Jr.メンバーから、私兵団のことや学院のことを聞いていると、ボロボロになったエルさんたちが帰ってきた。

「おかえりなさい。……大丈夫ですか？」

ストレージから、特製スポーツドリンクを渡していく。

「申し訳ないですけど、先に食べちゃったんです。あっ、もちろんエルさんたちのは取ってありますよ。はい、こちらです」

「「「「「ありがとうございます」」」」」

唐揚げとオムレツを出していく。時間停止機能のおかげで、出来たての状態だった。

「あの、良ければ――」

「ジョアン様、奥様がお待ちですので、そろそろ屋敷へ」

ナンシーのカットイン。

「はーい。ん？　キラさん？　何か言いました？」

「いえ、大丈夫です」

「そうですか？　じゃあ、皆さん。お邪魔しました。頑張って下さいね」

「あっ、あの、また教えてもらえますか？」

オーキさんが聞く。

「はい、もちろんです。また、週末にでも。あっ、学院でも頑張って下さいね」

ニコッと笑い、帰る。

✦✦✦

タッ、タッ、タッ……バンッ。

「たっだいまー！」

「「「……」」」

「あれ？　ビックリしない。なんで？」

「ジョアン様、今日は足音聞こえてたっす」

「あーマジかぁ。じゃあ、次から頑張る！」

「うん、頑張らなくていいことだから」

あっ、アーサーさんにツッコまれたわ。

「で、お嬢、どうだった？　私兵団は」

「うん、楽しかった。ルフバードの肉で唐揚げと野菜オムレツを作ったから、試食を兼ねたお裾分けに持ってきた」

「「やった――!!!」」

ストレージから出した料理を食べてもらう。

「ん――。この唐揚げヤバい！　エールに合う!!」

「あぁ、エールが欲しい！」

「お前ら、それを言うな！」

「オムレツも美味しいですぅ」

四人からも高評価もらったから、屋敷では四人に作ってもらおう。

「で、お嬢。作り方、教えてくれんだろ？」

「あっ、あぁ――――。二度手間になること考えてなかった……。誰か連れていけば良かったー」

ガックリと肩を落とす私を見て、四人は苦笑いだった。そんなに面倒なのかと。

なんとか唐揚げと野菜オムレツを、口頭で説明し解放された。帰る前に鶏がらスープはストレージにしまう。もう、今日は何も作りたくなくなったから。


自室に戻り、ベッドに寝っ転がる。

「あ――――。疲れたわ――――」

ボーッと天井を見る。

色んなことした週末だったわねぇ。バーベキューも唐揚げも、孫たちが大好きな食べ物だったわねぇ～。元気でやってるかしら？　あと五年ぐらい生きられて、上手くいったらライカの結婚式とか参加できたかしらねぇ。ん？　っていうか、このまま成長したら、私もう一度結婚するのよね？　あららら……八二歳の精神年齢の子を誰かもらってくれるかしら？　……まっ、なんとかなるでしょう。

別に独身のままでも良いしね～。【無】属性でも、規格外なスキルがあるから、一人でも生きていけるわ。でも、異世界って本当にスゴイわ。スマホなしで検索できたりするものねぇ。まさか人まで検索できるなんて……そういえば、自分を検索したらなんて出るのかしら？　あっ、でもステータスがあるんだから、同じかしら？　自分の手を見つめ、【サーチ】をかける。

［ジョアン・ランペイル］
　ランペイル家、長女。五歳。【無】属性。
状態：いたって健康だが、色々やりすぎて疲れてる。
　何事もほどほどに、しましょうね。
補足：転生して、精神年齢が身体に引っ張られている。
　身体が成長すれば、精神が若返っていくよ。
精神年齢：七〇代。
　前期高齢者。

「はぁ――――――――っ⁉」

何？　精神年齢が若返るって⁉　今、七〇代？　一回りも若返っているじゃないのぉ。これもチートなのかしら？

トン、トン、トン。

「ジョアン様～、サラです。どうかしました？」

「えっ？　あっ、大丈夫よ。ありがとう」

大きな声を出したから、サラに心配かけちゃったわね。申し訳ないことしたわ。ともかく、このことについては今のところ内緒にしておきましょ。

「ジョー。ね、一緒に行かない？」

ノエル兄様がハグしながら言う。

「ノエル兄様、私、そもそも寮には入れませんよ」

「うん、だから王都の屋敷にいてくれたら良いよ。ね、行こうよ」

「はぁー、ノエル、いい加減にしなさい」

お母様が注意する。

「ノエル兄様、ジーン兄様、代わり映えしなくて申し訳ないんですが、クッキーとドライフルーツです」

「ありがとう、ジョー」

ジーン兄様が頭をポンポンする。

「はい、ネイサンも」

「ありがとう、ジョアン」

ネイサンも頭をポンポンする。

「「行ってきます」」


お母様とナンシーと共にリビングへ行き、三人だけのモーニングティーをする。お父様は既に出掛けていた。

「はぁー、毎週疲れるわ。ノエルってば、あんな子だったかしら？」

お母様が呆れたように言う。

「ドライフルーツで目が元に戻ってから、今まで以上にジョアン様が大好きなようですねぇ」

ナンシーが答える。

「あの子たちに婚約者を決めていないのが悪いのかしら？」

「いーえ、奥様。たとえ婚約者がいてもノエル坊ちゃんが変わるとは言い切れませんよ」

ナンシー辛辣だわ。でも、気になるのは……

「お母様、貴族は婚約者が早く決められるのですか？」

「あー、ジョアンは知らなかったのね。……前世では、そういうこともなかったの？」

「はい。前世では恋愛結婚が主流で、たまにお見合いとかありましたけど、子供のうちから婚約者っていうのはあまり聞かなかったです」

「そうなのねぇ。貴族はね、多くが家同士の繋がりの為に子供の頃から婚約を結ぶものなのよ。派閥の強化の為の場合もあるわね。でも、我が家は辺境伯ということもあり、女であってもある程度の武力が求められるの。家同士の繋がりというよりは、主人不在でも領を守れる者でなければね。だから、子供のうちに決めても、ねぇ～」

「なるほど、だからお父様はお母様を選んだのですね」

「そうですよ、ジョアン様。あの時の旦那様といったら……ふふふっ。婚約者がいた奥様を、どうにかして落とそうと、ふふっ、必死でしたもの」

「え――!?　お母様、婚約者がいたんですか？」

「ええ、でもちゃんと話し合いをして円満解消よ。相手も今は結婚されていて、奥様と相思相愛よ」

「へぇー、で、お母様はお父様に落とされたんですね？」

「もぉー、やーだー。ジョアンったら恥ずかしいじゃない。……でも、五歳の娘と話してる感じがしないわね」

「あははは……」

年齢とか聞かれそうだから、笑って誤魔化しましょ。

「ジョアン様、そろそろ訓練の時間になります。サラとアニーが学院に通っていても、ジョアン様は訓練がありますからね」

「はい！」

「頑張ってね、ジョアン」

「はい、頑張ります！」

✦✦✦

ロンゲスト邸。

「いらっしゃい、お兄様」

この屋敷の女主人、ジュリエッタ・ロンゲストが出迎える。

「あぁ、ジュリエッタ、久しぶりだな。息災か？」

「ええ、もちろんよ。ギルがお兄様に会えないって残念がっていたわ」

「あー、私も残念だよ。またの機会に酒でも酌み交わそうと伝えておいてくれ」

応接間に通される。侍女からお茶を出されると、ジュリエッタは人払いをした。

「で、いきなり、どうしたの？　お兄様のことだもの、なんの用事もなく訪ねたりはしないでしょう？」

こいつは、相変わらず察しがいい。

「あー、実は……」

ジョアンが【無】属性の判定を受けたこと、前世の記憶持ちのこと、スキルが七個と多いことなどを説明した。そしてノエルの話していた、文献について詳しく聞きたいと。

「なるほど、私の可愛い姪《めい》っ子が【無】属性で、スキルが七個……。しかも前世の記憶持ち……」

ジュリエッタが俯いて何かブツブツ言ってる……。

「お、おい、ジュリエッタ？」

「あぁ――なんて素晴らしいのぉ――！　ふっふっふっ……はっはっはっは――」

立ち上がり叫ぶジュリエッタ。

「はぁー、相変わらずなんだな。ジュリエッタ」

今も昔も魔術馬鹿な妹。だが、ジョアンに関しては一番の理解者だと確信している。「で、どうなんだ？　あの文献に記載していることは、事実なのか？」

「ええ、私の研究では【無】属性は、あらゆる属性の能力が平均の場合もあるということ。要するにその人間によって、属性を使える者もいれば、使えない者もいるってこと」

「それは、どうやったらわかるんだ？」

「ん～。そこは、まだ研究中なのよ。ただ言えるのは、後天性ってことね。なんらかの拍子に魔術が使えるようになるみたいだけど、それがどういう人間なのか、どういうタイミングなのか共通点がないから、今の段階ではわからないの」

「そうなのか……」

「で、ジョアンのスキルってなんだったの？」

「あぁー【サーチS】【ストレージS】【リペア】【ファーストエイド】【アクア】【ドライ】【アシスト】だ」

「はぁ――!?　Sが二つもあるの?」

「【サーチS】は、見ているあらゆるモノを検索、鑑定可能で、人物も鑑定できるんだ。しかも、その人間の隠し事の有無までな。現にジーンの隠し事がバレた……。で【ストレージS】は、許容量∞で収納内は一定時間停止だ」

「で?　【アシスト】ってなんなの?　聞いたこともないんだけど……」

「驚きだな、お前でさえ知らないスキルだなんて……。【アシスト】は、思考内のあらゆるモノや事柄について検索できるらしい。それと、そのアシストを持ってることで、スキル発動は全て無詠唱可能らしい」

「なに?　その規格外なスキル……」

魔術馬鹿でさえ唖然《あぜん》とするよな、ジョアンの規格外なスキルは。

「さらに――」

「まだ、あるの!?」

「あぁ、サーチを他人に見せることができるんだ。ジョアンが言うに【アシスト】がジョアンならできるというから、試しにやってみたら……できたんだ」

「ほえっ!?　サーチを人に見せることができるのも、信じられないけど……スキルと、【アシスト】と会話できるの?」

「あぁ、そうらしい……」

「……」

「……」

「ねぇ、お兄様」

「なんだ？」

「規格外のスキルがあるのに、これ以上属性いるかしら？」

「……やっぱり、そう思うか？」

「ええ、しかも前世の記憶持ちなのよね。そのへんの情報はないの？」

「あー、前世は結婚もして家庭があったこと、趣味は旅行と食べること、料理することが好きだったことぐらいだな」

「じゃあ、これといって何かの技術を持っていたり、武力に優れていたりってことはないのね？」

「あぁ、それについては何も優れたものはなく、平凡な人間だったと言っていたよ」

「じゃあ、まだ――」

「ただ……あの子が作った料理が……」

「なんなの？　見たこと、食べたことのない前世の料理っていうなら……ってか、五歳よね？　料理できるの？」

「あぁ、料理ができて知識があってエイブたちに教えて、屋敷の料理の質が上がった……」

「まぁ、前世の記憶持ちなら、そういうこともあるんじゃないかしら？」

「でも、できるどころか……効果が凄いんだ」

「何？　料理の効果って」

「ドライフルーツといって、新鮮なフルーツをジョアンのスキル【ドライ】で乾燥させた物なんだが……」

「えー、乾燥させたら、美味しくないじゃない」

「いや、ジョアンが言うに、程よく乾燥させることで栄養と味が濃縮するんだと。で、みんなで食べたんだが、美味しかったんだ。美味しかったんだが……翌日、ブレープの効果でマギーが痩せ、ミランジの効果で私の疲れが取れ、プルーベリーの効果でノエルの視力が戻り、ナババの効果でジーンの便秘が治った……」

「ん？　なんで？　えっ？　痩せたり？　視力が戻る？　もぉ、お兄様、私を騙そうたってそうはいかないわよ」

「まぁ、そう思うよな。普通」

「え……本当なの？」

「本当だよ。嘘ついてもしょうがないだろ？　【サーチ】によると、ジョアンのスキルで作ることで効果が通常の三倍増しだと」

「……………」

「ここに、そのドライフルーツがある。食べてみてくれ」

ストレージからドライフルーツミックスをあるだけ出し、テーブルの上に置く。ジュリエッタが恐る恐る食べる。

「あら？　本当に美味しいわ。こんなに味が濃縮されると美味しいなんて……新鮮なものよりこちらの方が好きかも」

「保存もきくから、遠征に持っていって栄養を取るにも良いだろ」

「そうねぇ。遠征が長引くとどうしても栄養不足になりがちだものね」

「効果は、だいたい早くて一〇刻間後だ。我が家で使用人にも食べさせて、検証してみた結果だがな」

「じゃあ、我が家でも検証させてもらうわね。もちろん守秘義務の為に誓約書を書かせるわ」

「助かるよ」

「じゃあ、検証が終わり次第連絡するわ。もちろん、【無】属性についても他に文献がないか探しておくわ」

「頼むよ。じゃあ、また」

ジュリエッタに託し、ロンゲスト邸を後にする。【無】属性について情報が欲しかったのもあるが、正直、ジョアンの味方を増やしたかった。あの子が【無】属性というだけで虐げられて悲しむ姿を見たくない。我が家の家族だけでは少ない。

魔術に精通しているジュリエッタならと。もちろん夫のギルバートも信頼できる友だ。あの二人なら、必ず味方になってくれる。ジュリエッタに至っては、ドライフルーツの検証が終わり次第、きっと我が家に押しかけジョアンを質問責めにするだろうな。それを想像するだけで、口角が上がる。

ともかく検証を待つとしよう。ジュリエッタから連絡をもらったら、隠居暮らし中の父上たちにも連絡を取ろう。父上たちにも事情を話して、色々と後ろ盾になってもらおう。

まずは、屋敷に帰ったらジョアンを抱きしめ、ドライフルーツの追加をもらわなければ……。

第一〇章　私の親戚たち

洗礼式から、あっという間に時がたち冬の季となっていた。

私はというと、相変わらず六刻前に起床。屋敷を散歩し、厨房に行って朝食の準備の手伝いをする。おかげでエイブさんたちのレパートリーも増えた。

平日の午前中はナンシーと訓練。今では、演習場一〇周、腕立て伏せ一〇〇回、足上げ腹筋一〇〇回を三セット。それに加えて片手剣の素振りを左右五〇回ずつ。ちなみに、大きさは子供サイズだが重さは通常の片手剣と同じ模造刀を使う。最初は持ち上げるのも難しかったが、今は左右どちらでも素振りができるようになった。もちろん一緒に訓練しているザックも。

そして、午後は家庭教師のローズ叔母様から、文字の書き方、この国の歴史、マナーを習っている。


【ローズ・バリスト】

マーガレットの妹。ジョアンの叔母。

【雷】属性。

以前は王都で働いていたが、セクハラとパワハラで嫌気がさし、実家に戻ってくると聞きつけたマーガレットによって、ジョアンの家庭教師をすることとなった。

週末は、ボディガードの兄二人と共に私兵団寮に行き調理指導を行っているので、最初の時に比べると格段に料理の質が上がったと、みんなからお礼を言われた。

学院が冬季休みに入り、兄たちも帰ってきた。

今朝は、いつもと違って朝から慌《あわただ》しい。自室を出ると、至る所を侍女や従僕たちがいつも以上に丁寧に掃除をしている。それもそのはず、先代領主夫妻、ロンゲスト伯爵家が一堂に会するから。ようするに私にとっての、父方の祖父母、父方の叔母夫婦、従兄弟《いとこ》がやってくるということだ。

いつも通り厨房へ行く。

「おっはよー」

「おう、おはよう。お嬢」

「あれ？　エイブさん、一人？　他は？」

「あー、アーサーとベンだが……寝坊だな。昨日、私兵団の奴らと呑んでたみたいだからな」

「あはは、そうなんだ。それでエイブさんだけなのね。あっ、リップルティー飲む？」

そう言いながら、ストレージから出す。

「おう、頂くよ。昨日、こそこそ作ってたやつだろ？」

「あれ？　バレてた？　そう、昨日作ってたやつ。温かいのだけど……はい、どうぞ」

「おう、もう寒いからな。助かるよ。……うん、リップルの香りが鼻から抜けて良いな」

「リップルを水で煮て、そのお湯で紅茶淹れただけなんだけどね」

「あっ、そういや、明日の昼前に商人が来るぞ。一緒に商品見るか？」

「本当？　見る見るー」

「じゃあ、来たら教えるな」

その後、エイブさんとリップルティーを飲みながら、他のフレイバーティーの話をしていたが、気になっていたことを聞いてみた。

「よろしく～。あっ、そういえば、エイブさんはお祖父様《じい》たちに会ったことあるんでしょ？」

「あぁ、もちろんあるぞ」

「どんな人たちなの？」

「大旦那は豪快な人だな。俺と同じぐらいのデカさで元魔物討伐団団長で大剣使いだったよ。変わらず鍛錬は欠かさないって言ってたから、今でも勝てねーかもな」

「エイブさんより強いの？」

「あー強いぞ。大剣に雷纏わせてぶった斬るからな」

「何それ？　怖っ。お祖母《ばあ》様は？」

「……………怖い」

「は？」

「元王妃様付きの近衛《このえ》隊だったんだが、レイピア捌《さば》きが上手いんだ。大旦那と同じように、レイピアに炎を纏わせるんだ。旦那とグレイさんと俺は、よく怒られて演習場で張り倒されてた」

「マジで⁉　超カッコいい！　私も訓練してもらえるかな？」

「やめとけ、地獄見るぞ」

「そんなに？　じゃあ叔母様と叔父《おじ》様はどんな人？」

「一言で言うと、魔術馬鹿だな。ジュリエッタ様は奥様と一緒に、元魔術師団の副師団長やってたんだ。結婚して辞めたんだが、高等大学院で魔術の研究をして博士号をとって今は教授だったはず。旦那のギルバート様は王宮で文官をしてるが、同じように魔術が好きすぎる」

「あぁー、似た者夫婦ってこと？」

「間違いなくな。その子供たちはまともだったはずだがな」

「えーっと、私の従兄弟？」

「あー、そうだ。上がノエル坊の二歳上、下がジーン坊の三歳下だったぞ」

「じゃあ、私の一〇歳上と、三歳上だね。どんな子たちだろ？　仲良くなれるかな？」

「お嬢なら、大丈夫だろ？　《人たらし》だからな。はっははは！」

……解せぬ。《人たらし》だなんて、誰にでも愛想よくしてるだけじゃない。


バタ、バタ、バタ。

「遅くなりました――」

アーサーさんとベンさんが厨房に駆け込んできた。二人とも髪には寝癖があり、コック服も着崩していた。

「二日酔いとか大丈夫？」

「ちょっと頭が痛いぐらいなんで、大丈夫っす」

「お嬢、治さなくていいぞ」

「もちろん、治すわけないじゃない。自業自得だもの。酒は呑んでも、呑まれちゃダメなんだよ？」

「「……すみません」」

「でも、これをどーぞ」

ストレージから特製スポーツドリンクを渡す。

ゴクッ。

「くーっ。コレ良いっすね」

「ん、飲んだ翌日に良い！」

「私兵団の人もやられてるかな？」

「ん？　なんだ、お嬢。その飲み物持っていってやるのか？」

「いや～、私兵団の人には《おまじない》使おうかと――」

「ずり――！　なんで、アイツらばっか？」

ベンさんが言うが、声が少々大きかったのでアーサーさんに「うるさい。頭に響く」と怒られている。

「だって……今日のアフタヌーンティーぐらいにお祖父様たち来るんだよ？　私兵団見に行くと思わない？」

「「あっ……」」

「二日酔いじゃ、ヤバいでしょ？　屍《しかばね》の山ができるよ？」

「お嬢、俺からも頼む。アイツら治してやってくれ！」

エイブさんが頭を下げる。

「うん。でも私、一人で行けないからエイブさん一緒に来てくれる？」

「おう、もちろんだ」

「じゃあ、善は急げだよ。今から、行こう！」

「よし、じゃあお前ら後は頼んだぞ」

「「はい！」」

私は、厨房から出る前にアーサーさんとベンさんのところに行く。

「痛いの痛いの飛んでいけー（【ファーストエイド】）。今日だけ特別ね」

「「ありがとうございます」」


厨房から出ると、エイブさんは【身体強化】をかけて、私を抱っこし私兵団寮まで走った。まだ、雪は降っていないけど、上着を着てくればよかったと後悔。

「まずは、食堂に行ってみよ。誰かしら朝食の準備してるでしょ？」

抱っこされたまま向かうと、食堂で酔い潰れて、机に突っ伏して寝ているエルさん、ウーサさん、ダイさん、マツさん。床に倒れるように寝ているアッシムさん、ヒロさん、キラさんがいた。

「「はぁー」」

私とエイブさんは、同時に溜息をつく。

私とエイブさんは酔っ払いを横目に隣の厨房に行くと、ナットさん、リュウジスさん、マーティンさんが集まっていた。

「おはよう」

「あっ、ジョアン様、エイブさん。おはようございます」

「「おはようございます」」

ナットさんに続き、リュウジスさんとマーティンさんも挨拶をしてくれた。

私は、食堂の方を指差して
「アレ、どうゆうこと？」

「あぁー、アーサーさんとベンさんは日付が変わる前に帰ったらしいんすけど、団長たちは朝まで呑んでたらしいっすよ」

ナットさんが苦笑いをしながら教えてくれる。

「はぁ～。エイブさん、まず起こして風呂入れよう。食堂の空気も入れ換えないと酒臭いし、部屋の隅は埃溜《た》まってるから掃除もしないと……」

「そうだな。おい、お前ら他のメンバー起こしてこい！」

「「はい！」」


しばらくすると、まだ寝ていた他のJr.メンバーが起きてきた。

「えっと、あの、どーしたんです？」

オーキさんが目を擦りながら聞いてくる。

「お前ら、聞いてないのか？　今日、大旦那たちが来るの」

エイブさんが呆れながら聞く。

「えっ、いや聞いてますよ。アフタヌーンティーぐらいに来るんすよね？」

来ることは知っていたようだ。

「来るのはアフタヌーンティーだけど、それまでにアレ、復活するの？」

そう言って、食堂の方を指さす。

「「「「「あっ」」」」」

「きっと、寮にも来るよ？　酒臭いし、埃溜まってるし……。その状況見て、どう思うかな？　あのね、お祖父様って未だ訓練欠かしてないんだって。大剣に雷纏わせてぶった斬るらしいよ」

「「「「「ひぃっ！」」」」」

みんなは、ようやく事の重大さに気づいたようだ。このことに呆れを隠せないけれど、そんなことよりやるべきことをしないと。

「じゃあ、オーキさん、エリーさんは食堂を掃き掃除。オミさんは《水射》で外から窓掃除。ナットさんは《微風》で空気の入れ替えを。リュウジスさんとガンさんは玄関掃除を」

手っ取り早く魔術を掃除で使ったって良いわよね？　そしたら効率よくできるはず。

「あのー、俺は？」

「マーティンさんは私と一緒に、朝食を作ろ」

「っしゃー！」

なんでガッツポーズ？　掃除がよっぽど嫌いなのねぇ。

Jr.メンバーに指示を出した後に、エイブさんの方を向いて次にやるべきことを言う。

「じゃあ、エイブさん、まず起こそうか」

「だな」

みんなで食堂に向かうと、相変わらず先ほどと変わらない状態だった。

「団長、起きて下さい！」

オーキさんがエルさんを揺さぶるが全く起きない。他のメンバーも、起こしてみるが全然起きない。こんな時は、とっておきの魔法の呪文を唱えよう。

「あっ、ナンシーだ！」

私は大きな声で言う。

ガタッ。

「「「「「お疲れ様であります」」」」」

驚いたことに寝ていた全員が立ち上がり、敬礼をした。ただ、それぞれ別の方向を向いて敬礼をしていて、それを見たJr.メンバーは唖然とし、私とエイブさんは

「あっははは。はははは ー」

お腹を抱えて笑った。

「あれ？　えっ？　ジョアン……様？　エイブさん？」

私たちの笑い声を聞いてようやく気づいた寝起きのエルさん。もちろん、酔っ払っていた他のメンバーも目を大きくして固まっている。

「うふふっ。ナンシーは来てないよ。でも、いい加減起きてね」

「はぁ――嘘か。良かった――」

ちょっとエルさん、心からの安堵《あんど》の声。どんだけナンシーを怖がってるの？

パンパン。

「はーい、じゃあ、ともかくシャワー浴びて目を覚まして。お祖父様たちが来るのに、こんなんだったら本当にナンシーに怒られるよ？」

ビクッとした酔っ払いたちは、一目散に食堂を出ていった。

「はぁー、じゃあ掃除しましょ。ナットさんは、空気の入れ替えしてね。オミさんは、ナットさんが終わったらちゃんと窓が閉まってるか確認してから、外から窓の水洗いを。オーキさん、エリーさんはコレを床にまいてホウキで掃いて。リュウジスさん、ガンさんは同じように玄関を」

そう言って、ストレージから茶殻を渡す。

「これ、なんすか？」

ガンさんが聞いてくる。

「茶殻だよ。コレをまいてから掃けば、埃が茶殻にくっついてキレイに掃けるよ。じゃあ、お願いします」

「「「「「はい！」」」」」

「ふぅ――。朝ごはん作らなきゃ」

苦笑しているエイブさんと共に厨房に戻る。

「あっ。ジョアン……様。何作る？」

マーティンさんが待っていた。

「……」

「どうした？　お嬢」

「えっ、あっ、話すのに敬語やめてもらったのに、名前って様付けだなぁーって思って。年も近いのに」

「そりゃ、貴族と平民じゃ違うだろ？」

「えぇ――。じゃあ、貴族が様付けしないでって言ったらいいの？」

「ん――。それは、ほら、旦那がなんて言うか……」

「じゃあ、お父様に後で聞こうっと。ということで、朝食作ります！」

「何がということなんだか。で、何作るんだ」

「時間もないから、ワンプレートで良いんじゃない？　エイブさん、オムレツお願い。マーティンさんはサラダを。私がパンケーキ作る」

　バタバタとしたものの、シャワーを浴びて目が覚めたエルさんたちも掃除を手伝い、なんとかキレイになった。これから毎日、全員当番制で掃除をすることを指示して、エイブさんと共に屋敷へ戻った。

屋敷に戻って、埃っぽくなった服を着替えてダイニングに急ぐ。ダイニングに行くと、既にみんな揃っていた。

「た、大変お待たせしました」

「うん、大丈夫だよ。連絡は聞いてるから。まずは座りなさい」

アーサーさんがグレイに、私とエイブさんが私兵団寮に行っていることを報告してくれていた。

「はい。あっ、おはようございます。お父様、お母様、ノエル兄様、ジーン兄様」

「「「おはよう、ジョアン」」」


食後のモーニングティータイム。

「ありがとう。ジョアン」

「えっ？　どうしたんですか？　お父様」

「いや、私兵団寮のことだよ。父上たちが来るのに屋敷のことばかりで、そっちまで全然気が回らなかった」

「もぉー、寮に行くなら僕かジーンを連れていかないとダメだろ？」

ノエル兄様が言う。

「そうだぞ。何か変なことされなかったか？」

ジーン兄様も言う。

「ん？　変なこと？　何もないですよ。それに、エイブさんと一緒だったし。うふふ、お兄様たち過保護ですよ」

私兵団寮のことを話していると、珍しくお母様が会話に入らない。そういえば朝食も残していた。気になってお母様を見ると、顔が真っ青だった。

「お、お母様、大丈夫ですか？　顔が真っ青です」

「「えっ⁉」」

お父様、ノエル兄様、ジーン兄様もお母様を見る。

「だ、大丈夫よ。ちょっと気持ちが悪いだけ……うっ」

「マギー、大丈夫か？　グレイ、医者を呼べ！　急げ‼」

グレイがリビングを走って出ていく。

「あぁー、もぉーいい、私が医者を連れてくる！」

そう言って、お父様もリビングを出ていった。その後をノエル兄様が追った。

「お母様、大丈夫ですか？　吐き気だけ？」

お母様の横に座り、背中をさする。

「ええ、今朝からずっとムカムカしてて……」

「ジーン兄様、お水をお願いします」

私に言われたジーン兄様は水を取りにリビングを出る。昨日のアフターディナーティーでも普通にワイン呑んで、おつまみ食べてたけど、大した量は食べてなかったはず。だから胸やけではないはずだし、もしかして……

「お母様、ちょっと聞きたいんですけど……月のモノ、最後いつ来ました？」

「っ！　そういえば……。あら、まさか？　ジョアン」

「もしかしたら……かもですね。お母様。まずは、お父様とお医者様来てからでしょうけど」

「まぁ、それが本当だったら嬉しいわ。それにしても、ジョアン、よく気づいたわね。もしかして前世では子供が?」

「はい、二人いました。娘と息子が」

「そうなのね、どうりで。うふふふ。心強いわ」

そう言って、お母様は抱きしめてくれた。その後、私の予想通り『おめでた』だった。

私に弟か妹ができる。その子を守る為にも、強くならないといけないわねぇ。ナンシーに、来週から訓練を増やしてもらいましょ。

アフタヌーンティーの少し前に、祖父母はやってきた。そして、叔母家族は仕事の関係で夕食の時に来る予定らしい。祖父母に会うのはわたくしとしては三年ぶりらしい。さすがに二歳の記憶は曖昧だった。今の私としては初めて会う。

「お久しぶりです。お祖父様、お祖母様」

綺麗にカーテシーをとる。

「おぉ、久しいな、ジョアン。大きくなったな」

そう言って、祖父ウィル・ランペイルは私を抱き上げる。

【ウィル・ランペイル】

ランペイル領、先代領主。元魔物討伐団団長。

【雷】属性。

本当にエイブさんぐらい大きいわ。そして口髭が真っ白で、まるでサンタさんみたいだわ。

「あら、大きくなっただけでなく更に可愛くなって、ちゃんと挨拶もできるようになったわ」

頭を優しく撫でながら、祖母リンジー・ランペイルも言う。


【リンジー・ランペイル】

ランペイル領、先代領主夫人。元王妃付き近衛隊。

【火】属性。


とても優しそうで、上品ないかにも貴族って感じのご婦人だわ。本当に怖いのかしら？　そんな風には見えないけどねぇ。ナンシータイプかしら？

「父上も母上も、お元気そうで何よりです。まずは、こちらへ」

お父様は、そう言ってリビングに案内する。


今日のアフタヌーンティーは、紅茶、ソルトバタークッキー、リップルパイだった。本当は、私の作ったものを出したかったけど……お父様が、お祖父様たちに説明してからって言うからエイブさんたちが作ったものだった。最初は、他愛もない話をしていたが、お父様が切り出す。

「父上、母上、報告したいことが二点あります」

「なんだ？　改まって」

「まずは、マーガレットが四人目を懐妊しました」

「なんと！　おめでとう」

「まぁ、おめでとう。マーガレット。無理しないようにね。何かあったら遠慮せずに言うのよ」

「ありがとうございます、お義母様」

「ありがとうございます、母上。何かありましたらお願いします。そして、もう一つは……おいで、ジョアン」

お父様は私を呼び隣に座らせ、私が知らぬ間にきつく握りしめた手を、そっと優しく包んでくれた。お父様に手を握られ、安心したのか震えが止まった。

「春の季にジョアンの属性がわかりまして……【無】属性と判定されました。連絡せずに申し訳ありません」

「……そうか」

「まぁ、そうだったのね。だから、連絡がなかったのね。おいで、ジョアンちゃん」

お祖父様とお祖母様の間に座る。

「辛かったわね。大丈夫よ、私もあなたを守るわ」

お祖母様に優しく抱きしめられて、涙が溢《あふ》れる。お祖父様も不器用ながらも優しく頭を撫でてくれた。

(良かった。罵倒されなかった。これは、お祖父様たちも受け入れてくれたと思っても良いのかしら？　でも、前世の記憶や規格外のスキルのことは？)

不安そうな顔でお父様を見ると、無言で頷く。

「連絡できなかったのは、その理由だけじゃないんです。実は——」

その後お父様は、私が洗礼式の後倒れたことで前世の記憶持ちとわかったこと、規格外のスキルのことを説明した。そして【無】属性のことについてジュリエッタ叔母様が研究していて、今日そのことを説明してくれるらしい。

お父様から説明を聞いた、お祖父様とお祖母様は
「「……」」

私を無言で、見つめる。それをお父様もお母様も、お兄様たちさえ黙って見ている。

(やっぱり、気味悪いと思っているんだわ。もう、ここにいることが辛い。気持ちは大丈夫だけど、もう五歳の身体的に耐えれないわ。あっ、ダメ……また涙が溢れる)

「お、お祖父様……お祖母様…グスッ…ごめ、ごめんなさい。も、もう…私……グスッ……部屋に——」

自室に戻ることを伝えて立ち上がろうとすると、お祖父様に抱きしめられる。

「すまん、勘違いさせたようだな。わしたちはジョアンのことを軽蔑したわけじゃないんじゃ。ちょっと……いや、かなり驚いただけなんじゃ」

「そうなのよ、ごめんなさいね。驚いて言葉が出てこなくて」

お祖母様もお祖父様に重ねるように、私を抱きしめる。

「えっ…あの…私のこと……気味悪くない?」

「当たり前じゃ。気味なんぞ悪くないぞ」

「そうよ、可愛い孫娘を気味悪く思うわけないじゃない」

「で、でも…私…前世で何も…してない。なんの…技術も武力も…持ってなくて…うぅ……役に立たな……うわぁ——ん」

私は、祖父母に抱きしめられながら号泣した。

「落ち着いたかのぉ？」

優しくお祖父様に聞かれる。

「はい……ごめんなさい」

「ジョアンちゃん、どうして謝るの？」

「私……【無】属性で、役に立たない前世の記憶しかなくて……でも、そんな私をお祖父様とお祖母様が受け入れてくれて……。本当に申し訳なくて……」

「ジョアンちゃん、そういう時は『ありがとう』って言うのよ」

「お、お祖母様……。ありがとうございます。お祖父様もありがとうございます」

「「どういたしまして」」

お祖父様とお祖母様が交互に頭を撫でてくれて、ようやく私は安心した。

「ジョアンちゃん、それに役に立つか立たないなんて、まだわからないじゃない？」

「えっ？」

「そうじゃぞ。まだ、ジョアンの規格外というスキルのことを聞いてないからなぁ」

「でも、そんなに規格外じゃな――――」

「「「規格外！」」」

今まで、静観していたお父様たちが声を揃えて言う。

「「「……」」」

「ふはっははは――」

お祖父様が豪快に笑う。それにつられて
「「あはっははは――」」

お父様とお兄様たちが。

「「うふふふ」」

お祖母様とお母様も。

「え――。なんでみんな笑うのぉー」

納得いかなく口を尖《とが》らせる。

「はっはっは。じゃあ、ジョアンのステータスをお祖父様たちに見せてあげなさい。スキルの内容説明付きでね」

お父様に言われる。

「はい。【ステータス　オープン】で、スキルを【サーチ】」

「「はいっ!?」」

［ジョアン・ランペイル］
《状態》健康
《属性》無
《技術《スキル》》サーチS…検索。鑑定。見ているあらゆるモノを検索、鑑定可能。
ストレージS…収納。許容量∞、収納内一定時間停止。
リペア… 修理。修理する物の構造を理解していれば可能。ただし素材が必要。
ファーストエイド… 応急処置。止血、痛み止めなら可能。
アクア…水源。一度に一〇万リットルまで可能。
ドライ…乾燥。あらゆるモノを乾燥できる。

アシスト…補助。思考内のあらゆるモノ、事柄について検索や補助を行う。

スキル発動は無詠唱可能。


「「……」」

お祖父様は口が開きっぱなしだし、お祖母様は目がまん丸だわ。

「あっ、あの……。普通ですよね？」

ひとすじの望みをかけお祖父様たちに尋ねる。

「「んなわけない」じゃない！」

「あはは……ですよねぇ～」

がっくりと肩を落とす。

「スキルが七個なんぞ、聞いたことがないぞ。しかもSが二つも」

「ジョアンちゃん、素晴らしいわ。【無】属性が何よ！　これだけのスキルがあれば、関係ないじゃない。しかも無詠唱可能なんて……高位魔術師でもそうそういないわよ」

「父上、母上、実は規格外なのはコレだけじゃないんです」

「何ぃ？　他にもあるのか？」

「ジョアン、ドライフルーツを出して【サーチ】を見せてあげなさい。あっ、無詠唱でね」

「えっ？　あっ、はい」

ストレージからブレープのドライフルーツを出して、言われた通りに（【サーチ　オープン】）。

［ドライフルーツ：ブレープ］

生のブレープをドライフルーツにしたもの。長期保存可能。
効能：美肌。貧血。
　浮腫防止。
食べ方：そのまま食べても美味。
　ラム酒に漬け込むと《ラムブレープ》になる。
　ラムブレープをクリームチーズに混ぜても美味。
　ケーキに混ぜて焼いても美味。
補足：ジョアンがスキルで乾燥させた為、
　効果が通常の三倍増し（今のところ）。
　美容目的には、もってこい！

「「はっ――!?」」

何度目かのお祖父様とお祖母様の声が屋敷中に響いた。

しばらくして……

「父上、母上、落ち着かれましたか？」

お父様が二人に尋ねる。

「驚かせてごめんなさい。お祖父様、お祖母様」

「あー、大丈夫だ。すまん、取り乱した」

「ごめんなさいね、ジョアンちゃん。驚いてしまって」

その後、改めてみんなでお茶をする。

「うん、うまいな。この、ドライフルーツってやつは」

「えぇ、本当に。そのドライフルーツのクッキーも美味しいわ」

「本当にこんなうまいもんを食っただけで、効果が出るのか？」

「出ますよ。明日の朝に期待をしてて下さい」

「えっ？　お祖父様、泊まっていけるのですか？」

ノエル兄様が尋ねる。

「ああ、そうだよ。今日どころか、年越しまで一緒に過ごすんだよ」

「「「やった――――!!!」」」

私とお兄様たちが声を揃えて叫ぶ。

「まぁ、三人とも、嬉しいのはわかるけど落ち着きなさいね」

お母様は笑顔で言うが、目は笑っていない。

「「「ご、ごめんなさい」」」

年始までいるのなら、時間があるわよねぇ。ダメ元でお願いしてみようかしら？

「あ、あのぉ～お祖母様」

「なぁに？　ジョアンちゃん」

「屋敷にいる間に、一度で良いので私に訓練をつけてもらえませんか？」

「「「「「えっ？」」」」」

なぜか、みんなが驚きの声を上げた。

「なぜ私なの？　ジョアンちゃん」

「お祖母様が元王妃様付き近衛隊で、とても強かったと聞きました。私も、お祖母様のように強くなりたいんです！　私兵団でも魔力なしの方が頑張っているんです。貴族だからとか【無】属性だからでは、甘えてるだけのような気がするんです。みんなに守ってもらうだけではダメだと思って。そんな理由ではダメですか？」

「ジョアンちゃん、やっぱり前世の記憶持ちなのね。五歳なのにちゃんとした考えを持って、どう行動すれば良いのかわかっているのね。わかったわ。教えてあげるけど、私の訓練は厳しいわよ？」

「ちょ、ちょっと母上、本気じゃないですよね？」

「あら？　スタンリー、本気に決まっているじゃない。可愛い孫娘のお願いを聞かないわけにはいかないでしょ？」

「いや、あの、でも母上の訓練はジョアンにはまだ早いかと……（あれは訓練じゃなく、地獄）」

「ナンシー、ジョアンちゃんの訓練はどこまでいってるのかしら？　あなたでしょ？　指導してるのは」

「はい、大奥様。お嬢様の訓練は、現在、演習場一〇周、腕立て一〇〇回、足上げ腹筋一〇〇回を三セット。それと片手剣の素振りを左右各五〇回でございます」

「「「「はっ？」」」」

「ジョ、ジョアン、もう、そこまでできるのか」

「はい、お父様。さすがに、まだ息は切れることもありますけど」

「「は――っ！」」

ノエル兄様とジーン兄様が声を上げる。

「そりゃあ、お兄様たちに比べたらまだまだですよー」

私が不貞腐れながら言う。

「いやいやいや、五歳でそれはおかしいから。僕がそれできるようになったの学院入る直前だよ?」

「俺は、そこまでいかずに学院入ったけど?」

「えっ。だって、ナンシーがお兄様たちは五歳でできてたって……」

バッと三人でナンシーを見る。

「申し訳ございません。お嬢様がとても筋が良いので、つい力が入ってしまって……」

目を逸《も》らしながらナンシーが言う。

「「「ナンシー」」」

大人四人は、呆れ顔だ。

「まっ、いいわ。ともかく基礎はできてることがわかったから、明後日の光の日より始めましょう」

「ありがとうございます、お祖母様」

「どういたしまして。もちろんノエル、ジーンも一緒にやるわよね? もう冬季休みですものねぇ。

そうだわ! 私兵団の若い子も、纏めて指導しましょうね」

「えっ!? (なんで僕まで?) あっ、はい、わかりました。お祖母様」

「俺も? (マジか!?) ……わかりました」

「やったー! みんな一緒だね (なんかお兄様たち、浮かない顔だけど、まっ、いっか)」

私だけが喜んでいるなか、ノエル兄様とジーン兄様は肩を落としていた。そして、後日聞いたが、お兄様たちは何も知らない私兵団のJr.メンバーを思っていたそうだ。

(恨むなら、ジョーを恨めよ)

タッ、タッ、タッ……バンッ。

「たのも――！」

「おう、お嬢。なんかご機嫌だな」

「うん、光の日からお祖母様に訓練つけてもらえることになったの～」

「「は――っ⁉」」

エイブさん、アーサーさん、ベンさんが驚いて口が開きっぱなしになっている。

「お嬢……まさかだけど、自分からお願いしたとか言わねーよな？」

「えっ？　なんでわかるの？　正解だけど」

「「マジか⁉」」

「お嬢……なんて怖いもの知らずなんだ」

「えっ？　なんで？」

「お嬢、悪いことは言わねー、やめとけ。あれは、訓練じゃねー、地獄だぞ」

「でも、強くなりたいもん。多少キツいのはしょうがないんじゃないの？」

「キツいってもんじゃねーよ。あれは」

「ジョアン様、しかも大奥様とマンツーマンっすか？」

「違うよ。みんなと一緒だよ。お祖母様がお兄様たちと私兵団の若い子たちもって」

エイブさんたちは顔を見合わせた。

「「あ――」」

「死んだな」

「屍の山が」

「可哀想に」

「あっ、もしアーサーさんと師匠も訓練してほしかったら私からお願いするよ?」

「「いやいやいやいや」」

アーサーさんとベンさんは、顔を左右に振りながら答える。

「そう?」

遠慮しなくても、お祖母様は怒らないと思うけどなぁ～。でも、楽しみー。前世では、格闘技やりたくても機会がなくてできなかったからねぇ。せっかく転生したんだもの、現世ではやりたいことやりましょう。貴族令嬢だけど、まっ、なんとかなるでしょ。

「で、お嬢。ここに来たのは夕食を作る為にだろ?」

「うん、正解。お祖父様たちに、私の料理食べさせたいの。それに、初めて会う従兄弟もいるでしょ?　仲良くする為に、胃袋掴《つか》むのよ」

「ジョアン様、胃袋掴むって……男を捕まえる時に言う言葉っすよね?」

「あれ?　異世界《こっち》も、そう言うんだ」

「あぁ、言うぞ。まぁ、現に屋敷の連中はお嬢の料理で鷲《わし》掴みされてるな」

「あはは、そうかな?　じゃあ、お祖父様たちも掴めるかな?」

「「間違いない」」

「じゃあ、頑張って作ろうかな。あれ?　そういえばアニーちゃんは?」

姿が見えないアニーちゃんをキョロキョロと探す。

「あー、風邪っぽいって休んでます」

「えっ?　大丈夫なの?」

「熱が高いとか言ってましたけど、寝てりゃあ大丈夫、大丈夫」

アーサーさんが能天気に言う。

「風邪っぽいって、お医者さまに診てもらったの？」

「いや、寝てるだけだと……。知ってんのも、たぶん俺らぐらい？」

「はーっ⁉　グレイやナンシーも知らないの？　風邪を甘くみちゃダメ（私の死因の一つなのに。そりゃ後期高齢者だったけど……）。しかも一人でなんて心細いに決まっててんでしょ！　ったく！

……バンッ……サラ――」

扉を開けて、サラを呼ぶ。聞こえるかしら？

タッ、タッ、タッ。

「は――い。お呼びですか、ジョアン様」

さすが、サラ。すぐ来てくれたわ。

「アニーちゃん、寝込んでるらしいの。グレイかナンシーに伝えて、お医者さまに診てもらって」

「えっ⁉　本当ですか？　かしこまりました。すぐに――」

「それと報告終わったら、アニーちゃんにコレ渡して飲ませてきてほしいの」

そう言って、ストレージから特製スポーツドリンクを渡す。

「はい、かしこまりました」

そう言うと、サラはナンシーを探しに行ってくれた。

バタン。

「ねぇー、雁首《がんくび》揃えてそんなこともわかんねーの？　家族が病気なったら、心配するよね？　医者呼ばねーの？　大丈夫ってなんでわかんの？　医者なの？　バーベキューの時に言ったよね？　ここでは、みんな家族なんだよ！　特にアニーちゃんは……わかるよね？　大人なんだろ？　酒呑んでるもんなぁー。もう少し、考えろや！」

「すまん、お嬢。気が利かなかった」

「「すみません」」

三人が頭を下げる。

パチパチパチ……。誰かが拍手してる？

恐る恐る振り返ると、そこには
「えっ!?　お、お母様、お祖母様……いつからそこに？」

「ん～雁首辺りから？」

うわー、思いっきり初っ端から聞いてるじゃない。ヤバい、これはヤバい。前世の癖で口調が……。

後輩を説教する時と同じだったわよ。どうしよう？
　①、謝る
　②、開き直る
　③、逃げる
でも、②と③は、後が怖いわよね。ってことは、一択で……

「ご、ごめんなさい」

「あら？　どうして謝るの？」

「えっ、あっ、あの言葉遣いが……」

「ええ、そうね。良くはなかったわ。でも、アニーのことを思って怒ってあげたのよね？」

「はい……」

「じゃあ、そこは目を瞑《つむ》りましょう。だって、ジョアンが言ってることは間違っていないもの」

「そうよ、ジョアンちゃん。言いたいこと言ってやりなさいな。ジョアンちゃんが言ってもわからないようなら……ねぇ〜？　エイブ、わかっているわよね？」

「は、はい！　大奥様、もちろんです！」

「そう……。わかっているなら、良いわ。エイブ、次はないわよ」

「はい！　気をつけます!!」

「アーサーもベンも、良いわね？」

「「はい!!」」

お祖母様は、エイブさんたちの返答を確認して頷き、再び私の方を向いた。

「で、ジョアンちゃんはココで何をしてるの？」

「えっと、夕食の準備をしようかと」

「まぁあ、ジョアンちゃんが？　前世のお料理かしら？」

「はい、お口に合うかわかりませんけど」

「お義母様《かあ》、ジョアンの料理は美味しいですわよ。期待して大丈夫です」

「あら？　本当。じゃあ、楽しみにして待っているわね」

そう言って、二人は厨房を去っていった。

「「「はぁ――」」」

「なんか、疲れたね」

「あぁ。お嬢に怒られた上に、大奥様の登場とはな」

「怒られるようなことしてるからでしょ？」

「それは、本当に反省してる」

「「すみません」」

「とりあえず準備しよっか。えーっと、まずは在庫チェックかなぁ」

冷蔵庫とパントリーの在庫を確認して、何を作るか考える。

「よしっ！　唐揚げ、ジャガトサラダ、野菜オムレツ、タマオングラタンスープ。デザートには、シャーベットにしよう！」

「タマオングラタンスープ？」

「シャーベット？」

「タマオングラタンスープはタマオン炒めたスープにパンとチーズのせて焼いたもの。シャーベットはジュースを凍らせたものかな。あっ、唐揚げは塩味、ガーニック塩味にしよう！」

「「了解！」」

「唐揚げはエイブさん、サラダとオムレツはアーサーさん、スープとデザートは師匠で。お願いします」

「「「お願いします」」」

「あっ、エイブさん。コレも使って、食べ比べしよう」

ストレージから、ルフバードの肉を出し渡す。

「お嬢、寮からくすねたのか？」

「人聞きの悪いこと言わないで！　ちゃんとお願いしてもらってきたの。あっ、師匠。タマオンは薄切りした後にバターで茶色になるまで炒めて。焦がさないようね」

「了解っす」

「じゃあ、その間にシャーベットを作ろう」

ミランジジュースをトレイに入れて冷凍庫へ。

「ん？　ジョアン様、終わり？」

私の方を見ていたベンさんが聞いてきた。

「うん、ある程度固まってきたら、かき混ぜてまた凍らすのを繰り返すだけ。簡単でしょ？」

「簡単すぎっすよ。本当にシャーベットってやつができるんすか？」

「できるよ。あっ、タマオンいい感じだね。じゃあ、そこに、よっこいしょ……コレを入れる」

ストレージから、前に作ってしっかり存在を忘れていた鶏がらスープの入った寸胴鍋を出す。

「ばばぁの掛け声」

「うるさいよ（身体は子供だけど、ばばぁだよ）」

ベンさんに文句を言いながら、タマオンを炒めた鍋に鶏がらスープを加えていく。

「塩胡椒をして……はい、味見してみて」

ベンさんに小皿を渡す。

「うっま!!」

「でしょ？　あっ、エイブさんとアーサーさんも味見する？」

「「する」」

二人にも小皿を渡す。

「うまい！」

「うまー。コレがあのゴミ？」

「ゴミじゃないの、鶏がら。いい味出るでしょ？」

「今まで捨ててたの、勿体なかったな……」

「でも、今度からすぐ捨てなかったら良いんじゃない？　節約にもなるよ」

「おう、お嬢の言う通りだな。他にも捨ててたもので活用できるものがあったら、教えてくれ」

「うん、気づいたら言うね～」


準備が一通り終わり厨房から自室に戻り、着替えながらサラに聞く。

「サラ、アニーちゃん具合どう？」

「はい、お医者様に診てもらいまして、やっぱり風邪のようです。解熱剤を飲みましたので、たぶん明日には熱が下がると思います」

「そう、なら良かった。ありがとう」


その日の夕方、応接間にて。

「遅くなってごめんなさい。私もギルも仕事が立て込んでいて……」

ようやく、叔母家族がやってきた。

「いや、大丈夫だ。ギルバート、久しぶりだな。相変わらず忙しそうだな」

「お久しぶりです、義兄《にい》さん。まぁ、年末ですからねぇ。今日は、ゆっくり語りましょう」

お父様と叔父様は久々の再会を喜んでいる。

「ジョアンちゃんよね？　生まれた時に会いに来た以来だから、初めましてね？　スタンリーの妹で、あなたの叔母のジュリエッタよ」

【ジュリエッタ・ロンゲスト】
ロンゲスト伯爵夫人。スタンリーの妹。
元魔術師団副師団長。現高等大学院教授。
【水】属性。

「私は、ジュリエッタの夫で君の叔父にあたるギルバート・ロンゲスト伯爵だよ。よろしくね」

【ギルバート・ロンゲスト】
ロンゲスト伯爵家の当主。ジュリエッタの夫。
王宮で文官をしている。
【土】属性。

「で、この子たちが……ほら、自分たちで挨拶なさい」
「俺は、長男のアランドルフ。一五歳だよ。こんなに可愛いお姫様がいるなら、早く会いにきたら良かったよ。ジョアン、俺のことはアランって呼んでね」

【アランドルフ・ロンゲスト】
ロンゲスト伯爵家、長男。一五歳。王立学院、騎士科。
【水】属性。

「俺は、次男のヴィンス・ロンゲストだ。えーっと、九歳。ヴィーって呼んで良いぞ。俺の方が年上だから、何かあったら助けてやっても良い……痛っ」

ヴィーは、アランに叩かれてる。


【ヴィンス・ロンゲスト】

ロンゲスト伯爵家、次男。九歳。

【雷】属性。


「初めまして、ジョアン・ランペイルです。ランペイル家長女、五歳です。皆様にお会いできて嬉しいです。アラン、ヴィー仲良くして下さい」

綺麗なカーテシーで挨拶をする。

「やっぱり女の子は可愛いわねぇ～」

叔母様が頭を撫でてくれる。

「俺も弟じゃなく、ジョアンみたいな可愛い妹が良かったよ。なぁ、ノエル、ジーン、交換し――」

「「しない！」」

食い気味で答え、二人は私を守るように両側から抱きしめる。

「じゃあ、交換じゃなく俺の妹にな――」

今度はヴィーが言うが
「「なるかー！」」

「「「あっはははは――――っ」」」

それを見ていたお祖父様、お父様、叔父様は笑い出した。

「まぁまぁ、まずはご飯にしませんか？」

お母様が提案し、全員でダイニングに向かう。私がダイニングに向かおうとすると、ノエル兄様に抱き上げられた。その横には護衛をするようにジーン兄様が。私がその状況に呆れて、小さく溜息をつく。それを見ていたアランとヴィーは苦笑い。

はぁ～本当に過保護すぎるわ。アランとヴィーが揶揄ってるのも気づかないで……。どれだけ必死なのよ。アランは良く言えばフェミニスト、悪く言えばチャラいって、感じ。ヴィーは俺様気質がありそうだけど、でも私を気遣っていたから根は優しい子ね。

……にしても、ノエル兄様、ジーン兄様、アラン、ヴィー……顔面偏差値が高いわぁ。私兵団もカッコイイ人ばかりだし、異世界ってイケメンしかいないのかしら？　はぁ～眼福だわぁ。

第二章 規格外なスキル

全員が席につくと、夕食が運ばれてきた。

「「うわ――っ！　うまそう！」」

ジーン兄様とヴィーの声が揃う。

「こ、これをジョアンが？」

お祖父様も驚く。

「はい、お口に合えば良いのですが……」

「えっ？　ジョアンが作ったの？　小さいのに可愛いだけじゃなく、料理ができるなんて……俺と結婚――」

冗談でアランが言いかけると
「「ダメだ！」」

お父様、ノエル兄様、ジーン兄様が叫ぶ。

「……」

はぁー、お父様まで何をムキになってるのよ。冗談に決まってるでしょう？

「……とりあえず、いただきましょう」

呆れ顔のお祖母様が言い、食事が始まる。

結果だけを言うと、唐揚げを追加で揚げるほど夕食は大好評だった。

夕食後、みんなでリビングに向かいアフターディナーティーを取る。

「ほぉーこれが、カクテルというものか。うまいな」

「本当に呑みやすくて、呑みすぎちゃいそうねぇ」

お祖父様もお祖母様もカクテルを気に入ったようだ。

「この、ラムブレープとクリームチーズのカナッペ？　も美味しいわ」

「ジャガトチップスとやらも、胡椒が利いてて美味しいよ」

叔母様と叔父様は、おつまみにハマっている。

「ねぇ～ジョー。ジャガトチップスって初めて食べるけど、本当にジャガト？」

ノエル兄様が聞いてくる。

「はい、ジャガトを薄く切って揚げただけですよ？」

「ジョアンって【無】属性だったたって聞いてたから、なんの取り柄もない冴《さ》えない女の子だと思ってたよ。でも――」

「おい、ヴィー。喧嘩《けんか》売ってんのか？」

ジーン兄様が立ち上がり怒る。

「ち、違うよ、ジーン兄。お、俺、属性のことしか聞いてなくて……。その前世の記憶持ちとかスキルのこととか知らなくて。ここに来るまで、酷いこと考えてたなぁーって。でも、会ったら可愛いし、料理はうまいし……本当にごめん。ジョアン」

「ジョアン、ごめんな。俺もヴィンスもちゃんと母上から、ジョアンのこと聞いてたのに、コイツ話半分で聞いてたみたいで……。気分悪くさせちゃって……ジーンもごめん」

ヴィーが謝り、アランがフォローをする。

「はい、大丈夫です。ヴィーもアランも許します。会ったことのない子が【無】属性ならそう思いますよね？　でも、もし自分が【無】属性で他の人からそう思われてたら、どう思いますか？　嫌じゃないですか？　これからは、相手の立場に立って考えて下さいね」

「「うん」」

「うふふふ。ジョアンちゃんの方がちゃんと考えてるわね」

お祖母様、だって私きっとあなたより年上ですよ。今のも孫を叱っている気分ですよ。……とは、言えないけれど。

「あっ、【無】属性で思い出したけど、前にお兄様に話したように、あらゆる属性の能力が平均の場合があるの。でも、それは人によってなのよ。だから、ジョアンちゃん、私と魔術の勉強しない？」

叔母様が【無】属性について研究しているというのは、ノエル兄様から聞いていたから驚きはなかったけれど『あらゆる属性が平均』ってなんだろう？

「勉強？　勉強したら魔術が使えるようになるの？」

「んーと、使える魔術があるか調べる為に勉強するのよ。もしかしたら全属性を使えるかもしれないし、逆に何も使えないかもしれないの。それに、今使えなくても後々使えるようになるかもしれないし……。言ってる意味わかるかな？」

「はい、叔母様は【無】属性の検証と後天性による属性の有無を研究したい。ってことで、良いですか？」

「「「「っ！」」」」

「さ、さすが前世の記憶持ちね。そうよ。あなたを研究したいの」

おぉ、直球で『研究したい』って言われると変な感じ。私はマウスじゃないんだけどねぇ。でも、もし後天性で属性が現れたら私以外の【無】属性の人たちも、精神的に救われるかしら？

「おい、ジュリエッタ！　何も、そんな言い方しなくても良いだろう？」

　お祖父様が叔母様を戒める。

「大丈夫です、お祖父様。ありがとうございます。叔母様？　私が研究に参加することで他の【無】属性の人たちに良い影響がありますか？　もちろん私の場合、前世の記憶持ちというイレギュラーかもしれませんが……」

「ええ、もちろん。【無】属性の人間が無闇に虐げられることがなくなるかもしれない。もちろん人によってだから、全員が虐げられないという確証はないけれどね」

「わかりました。じゃあ、お願いします。でも、学院に入ってからでも良いですか？」

「もちろん、それは良いけど、どうして学院に入ってからなの？」

「私、それまでに強くなりたいんです！　精神的にも武力的にも。もしかしたら、なんの属性も使えない本当の【無】かもしれないし。だから、学院に入るまでは自己防衛できるぐらいにはなりたいんです」

「ジョアンちゃん……。わかったわ。じゃあ学院の入学まで待つわ」

「ありがとうございます、叔母様」

「でも、一つ良いかしら？　これはお願いなんだけど」

「お願いですか？」

「ジュリー母様って呼んでくれない？」

「「「「「「はっ!?」」」」」」

「だってぇー叔母様って年取った感じがするじゃない？　それに娘が欲しかったんだものぉ～」

「ジュリエッタ、いい加減にしろよ?」

お父様が冷ややかな目で叔母様を見る。

「じゃあ、叔母様以外なら良いわ」

えー、何が正解なの？　誰か教えて。って、みんな目を逸らすのはどうして?

「えっと……ジュリー姉様?」

「いや～ん、ジョアンちゃん。嬉しい!!　母様より嬉しいわぁ～。これからもよろしくね」

「「ジュリエッタ……」」

お祖父様とお父様は呆れ顔だ。

「じゃあ、私はギル兄様かな?」

叔父様は漁夫の利を狙っている。

「「父上まで……」」

今度は、アランとヴィーが呆れていた。

なんとか、みんなに【無】属性のことも前世の記憶持ちのことも受け入れてもらえて良かったわ。

あとは、学院入学までの五年間でどこまで鍛えられるかかしらねぇ。


翌日は、いつも通り六刻前に起き厨房まで散歩する。

ふと窓の外を見ると、アランがどこかに行くのが見えた。外は、昨夜から雪がちらちらと降り、うっすらと雪が積もっている。

（どこに行くのかしら？　あっちは、演習場と私兵団寮ぐらいしかないわよねぇ）

私は気になったので、コートを着て後を追いかけることにした。追いついた先は、やはり演習場で、アランは素振りをしていた。その姿には昨日のチャラさは一切なく、真剣な表情で剣を振っていた。

（うわー、なんて綺麗な剣筋なの……。私なんて、未だにブレブレでナンシーに注意されるのに。昨日のチャラさなんて、全くないわ。あの真剣な目……格好良い……）

ボーッと眺めていると
「こんなに早くにどうした？」

私に気づいたアランから話しかけられた。

「あっ、おはよう、アラン。どこかに行くのが見えたから、気になって見に来たの。盗み見しているみたいで、ごめんなさい」

「おはよ。そうなんだ。別に謝ることないよ、可愛い子の応援は大歓迎だ」

ウインクをしながら、そう言うと近くのベンチ――ＢＢＱの時の丸太が置きっぱなしだった――に座りタオルで汗を拭くアラン。

「あっ、はい、コレどーぞ」

ストレージからタオルと特製スポーツドリンクを出して渡す。

「えっ、ありがとう。うわっ！　冷たい……ストレージだよね？」

「あっ、私のストレージ、Ｓで時間停止機能があるの」

「へぇースゴいスキル持ってるんだな。あっ、俺の横で良いなら座って……ゴクッ……うまい。これは？」

アランの横に、ちょっとドキドキしながら座る。

「えーっと、私が作った特製スポーツドリンク。リモンとハチミツと塩を入れたものだよ。汗をかいた時は水分だけじゃなく、塩分も取った方が良いから」

「へぇーそうなんだ。後で、このドリンクの作り方教えてくれる？」

首を傾げて聞いてくるのはあざとい。それは、反則だわぁ～。

「う、うん、もちろん。あの、私も教えてほしいんだけど、どうやったらアランみたいに剣筋が綺麗にできるの？」

「あー、ジョアンも訓練してるんだっけ？　今は、どんな訓練やってるの？」

「えっと、演習場一〇周、腕立て一〇〇回、足上げ腹筋一〇〇回を三セット。それと片手剣の素振りを左右各五〇回」

「えっ？　マジで？」

「うん、マジで。で、素振りがいつもブレてナンシーに注意されるから、アランみたいになりたいの」

「五歳でそれだけできたら十分だと思うんだけどなぁ。剣がブレるのは体幹が弱いんだと思うよ。ちょっと振ってみて」

ストレージから愛用の片手剣を出して、素振りをしてみる。でも、やっぱり剣先がブレる。

「やっぱり、身体が揺れてるよ。それに肩に力入りすぎ、振り方はこう」

説明しながら、アランは背後から剣を私の手ごと軽く握り振り方を教えてくれたけど、アランとは反対に私はプチパニック。

（ちょっ、ちょっと待って、これって文字通り手取り足取りってやつじゃないの？　いや、アランは好意でやってくれてるわけだし……でも、自分の顔が赤くなるのがわかるし。これ、絶対見せられないやつ！　落ち着けー、落ち着け、私。平常心、平常心……。南無阿弥陀仏《ナムアミダブツ》、南無阿弥陀仏……）

「ねぇ～、ジョアン聞いてる？」

ボーッとしてた私の耳元でアランが話しかけてくる。アランは私の背後にいるから、必然的に耳元に近くなるんだろうけど。

「ひゃい！」

ヤバい、ヤバい……耳元はヤバいわ。おばあちゃんの心臓に悪いことしないでおくれよ。

「クックックッ、耳まで真っ赤だよ。可愛い」

「うぅー、アラン兄様、うるさい！」

「あっははは。良いね〜その、アラン兄様って。今度からそう呼んで。まぁ、ともかく体幹を鍛えた方が良いよ。クックッ」

その様子を見ていた人物がいた。

「あっ、ジョアン様だ。こんな朝からどうしたんだろ？」

マーティンが目敏《めざと》く、ジョアンを見つけた。

「ん？　ってか、誰かと一緒だ。えっ？　男だぞ」

マーティンに言われて、ガンも外を見る。

「えっ？　あんなに近くに座って……誰だよ」

「ジョアン様に素振りさせて……お、おい、なんで後ろから抱きしめてんだよ！」

「ちょ、ちょっと離れろって！　俺、ちょっと行って――」

「お前ら、朝からうるさいぞ。何やってんだ？」

ナットが頭を掻きながらやってくる。

「いや、だってジョアン様にどっかの男が……」

マーティンがナットに説明する。

「あっ？　何？　ジョアン様が、どこだ？」

「ほら、あそこ。丸太のところっす」

ガンが、外を指差す。

「ん？　あれ？　アイツなんでここにいるんだ？」

「えっ？　ナットさん、知ってるんですか？」

「あぁ、学院の一個下の後輩だよ。ロンゲスト伯爵家の長男、アランドルフだ」

「「伯爵家……」」

学院で先輩の上に貴族となれば、平民のマーティンとガンは、それ以上何も言えなかった。ナットが外に行くのを見て、マーティンとガンが後ろをついていく。

「おーい、アラン。ジョアン様ー。何してんだ？」

「あっ、ナットさん。おはよー。マーティンさんとガンさんも、おはよー」

「「おはようございます、ジョアン様」」

三人が挨拶をする。

「誰かと思ったら、ナットさん。おはようございます」

「で、なんでここにアランがいるんだ？」

「あれ？　言ってませんでしたっけ？　ジョアンは俺の従妹ですよ」

「「従妹ー!?」」

それを聞いて三人は目を大きくして驚いている。

「聞いてねーよ。もしかして昨日大旦那様たちと一緒に来たのか？」

「そうです。で、いつもの朝練してたらジョアンが来て、素振りのやり方教えてたんですよ」

「「はぁー、素振りか」」

マーティンさんとガンさんが同時に呟いている。

「えーっと、そちらは？」

アランがマーティンさんとガンさんの方を見る。同じく学院に通っていても学年が違うと面識がないらしい。

「あー、こっちがガンでノエル様の同級生。で、こっちがマーティンでジーン様の同級生。二人とも私兵団なんだ」

「ガンと申します。よろしくお願いします」

「マーティンです。よろしくお願いします」

「うん、よろしくね。ノエル、ジーン、ジョアンがお世話になってるみたいだし、俺とも仲良くしてよ」

「「はい！　ありがとうございます」」

「ガンさん、マーティンさん、アラン兄様に虐《いじ》められたらすぐ私に言ってね！」

「ジョアンに言ってどうするんだよ？」

そう言いながら、私の頬を優しくつねるアラン兄様。

「んー、私じゃ勝てないから……お祖母様に言う！」

「お、おい、それは反則だろ。あっ、こら、待て！」

「じゃあねぇ～、ナットさん、ガンさん、マーティンさん。きゃ――――！」

アラン兄様に追いかけられ、私は走って屋敷に戻る。

二人が去っていくのを見ながら……

「俺、あんなにはしゃいでるアラン初めて見た」

ナットがポツリと呟く。

「「えっ?」」

「あいつ、伯爵家だし、あの顔だろ?　すげぇ女の子に人気なんだよ。いっつも手紙やら贈り物やら持った女の子が待っててさぁ。俺も最初はいけ好かねー奴だと思ってんだ。でも、あいつ一切受け取らねーんだよ。さっきみたいに、毎日自主的に朝練やって、群がる女の子たちに笑いもかけねーんだぜ。【水】属性ってのもあって、騎士科ではあいつのこと『氷の貴公子』って呼ばれてるよ」

「『氷の貴公子』」

「あっ、俺聞いたことあります。騎士科の中でも優秀な生徒だって」

ガンが思い出す。

「あぁ、それだよ。なのに、さっきジョアン様と一緒の時は年相応というかあんな優しそうな笑顔できるんだって思ったよ」

アラン兄様と屋敷に戻ると、ちょうどノエル兄様、ジーン兄様、ヴィーが下りてきたところだった。

「あっ、おはよう、ノエル兄様、ジーン兄様、ヴィー」

「あれ?　二人でどこ行ってきたの?」

ノエル兄様が聞いてくる。

「ちょっとね〜」

そう言って、アラン兄様は客室へ戻っていった。

「何あれ？　すっごい機嫌良いんだけど？」

ヴィーがアラン兄様が去っていく様子を見て驚いている。

「なぁ、ジョー、どこ行ってたんだ？」

ジーン兄様が聞いてくるけど、アラン兄様が言わないってことは、内緒なのかも？　じゃあ、それに合わせて……

「んー、内緒〜？」

と、私も誤魔化して自室に戻る。


朝食後のモーニングティー。

「いや〜、それにしてもドライフルーツに本当にあんなに効果があるとはなぁー」

お祖父様がお腹をさすりながら言う。

「本当よ、肌艶も良くなってウエストも細くなるなんて。ありがとう、ジョアンちゃん」

お祖母様もお礼を言ってくれた。

「そうなのよね〜。本当にあの効果はスゴイわ。前にお兄様にもらって視力が戻った時は驚いたもの。ねぇ、ジョアンちゃん。他のスキルも規格外なのよね？」

「規格外？　みんなそう言うけど、私が他のスキルを知らないので……本当に規格外なのかどうか……」

「そうねぇ、一つずつ見せてくれるかしら？　まずは【サーチ】を。Sっていうのは、見ているもの全てを鑑定可能なのよね？」

「はい、私が見てるものは鑑定できるみたいです」

「じゃあ……ヴィンスをサーチしてみて」

「えっ⁉ なんで俺？」

「【サーチ】」

［ヴィンス・ロンゲスト］
　ロンゲスト伯爵家、次男。九歳。【雷】属性。
状態：野菜不足の為口内炎ができている。
　先ほど、階段を踏み外し右足首を負傷。
補足：わんぱく、痩せ我慢。
　隠し事あり。

「ふふっ（ジーン兄様と同じように隠し事あり）」

「どう？ なんて出た？」

「えっと、ヴィー……野菜食べないから口内炎できてるでしょ。それに、さっき階段踏み外して足首痛いんじゃない？」

「えっ？ なんでそれ知ってんだよ！」

「見えたから。それより、足首見せて！」

そう言って、ヴィーの前で跪《ひざまず》く。

「えっ！　な、何すんだよ」

ヴィーの右の足首を触りながらおまじないを唱える。

「痛いの痛いの飛んでいけー（【ファーストエイド】）」

「ん？　あれ？　足首の痛みがなくなった」

ヴィーはその場で立ち上がってジャンプし、足首が痛くないことを確かめた。

「ジョアンちゃん、それが【ファーストエイド】なの？」

「はい。《おまじない》ってことにしてあります。なので、スキル発動は無詠唱です」

「素晴らしいわ！【ストレージS】は昨日から色々と出してもらっているから、じゃあ次は【アクア】ね。使ったことないのよね？」

「はい、屋敷で水はありますし」

「一度、出してもらえるかしら？　あっ、このカップに」

「はい、えっと【アクア】」

空いたカップに、並々と水が入る。

「うん、普通の水ね。試しにお湯とか出せる？」

「んー（お湯出るかな？）【アクア】あっ、出た」

次のカップにお湯が入り、湯気をたてている。

「温度調節も可能なのね。ジョアンちゃん、その出た水を鑑定できる？　できたら、見せてほしいの」

「はい。【サーチ　オープン】」

［ジョアンの水］

ジョアンがスキルで出した水。

産地：ジョアン。

食用：可。

補足：常温。

　飲むことによって多少の回復が見込まれる。

　この水で料理を作ったり、お茶を淹れるといつもより美味しい上に、多少回復するから一石二鳥だよ。

　悪阻《つわり》も楽になるし、傷口にかけると自然治癒力がアップ。

　毒だって無効になるかも？


「「「「「「えっ!?」」」」」」

「母上、これって出したら大変なことになるのでは？」

　アラン兄様が叔母様に聞く。

「え、えぇ、これはさすがにヤバいわね。……ジョアンちゃん、この水は滅多なことでは出さないでね！」

「は、はい、わかりました」

「皆も、他言無用じゃ。良いな？」

「「「「はい！」」」」

　なんてこと、コレってただの水じゃないの!?　ある意味回復薬ってことでしょ？　ポーション的な？　私、回復薬出せるの？　って、どうしてこんな時にウチの両親がいないのよ。お母様はわかるわよ、悪阻で寝てるのは。お父様はギル叔父様と二日酔いって、なんなのよ――！　あっ、でも悪阻にも良いなら後でお母様にあげましょう。

「ジョアン、大丈夫か？」

アラン兄様は私が呆然としているのを心配して、近くに来て話しかける。

「えっ、あっ、はい。ちょっと驚いてしまって……」

「無理に一人で考えるなよ。ここにいる人なら、相談でもなんでも聞いてくれるから。な？」

そう言いながら、私の頭を優しく撫でてくれた。

「ありがとう、アラン兄様」

「「アラン兄様――⁉」」

ノエル兄様、ジーン兄様、ヴィーが同時に叫ぶ。

「ちょ、ちょっといつから、その呼び方になったの？」

ノエル兄様が聞く。

「えっ、あー、今朝から」

「はぁー⁉　聞いてない！」

ジーン兄様が言う。

「じゃあさー、俺のこともヴィー兄様――」

「「それはない！」」

ノエル兄様、ジーン兄様、そしてアラン兄様までが声を揃えて否定する。

「なんでだよー！」

ヴィーは口を尖らせて文句を言っているが、みんなはそれをスルーしている。叔母様でさえ、ヴィーのことより私の規格外なスキルの方が気になるらしい。

「えっと、あとは【ドライ】と【アシスト】だけど、【ドライ】は乾燥させるのよね?【アシスト】はジョアンちゃんのスキルの補助ってことかしら?」

「ん〜よくわからないんですけど、頭の中で考えたら答えてくれたことがあります」

「えっ!? 何? その便利機能。じゃあ、もしかして【無】属性のこともわかるんじゃない?」

「えっ!? そういえば聞いたことなかった……。ちょっと聞いてみます」

——へイ、アシストちゃん。教えて。

——J:【無】属性ってどんなの?

——A:んーとね、人によって二つ以上の属性が使えるよ。

逆に全然使えない人もいるけど。

——J:使えるかどうかは、どうしたらわかるの?

——A:どのタイミングかわからない。でも、その人が必要に駆られた時に、本領発揮って感じ?　あっ、でも主なら属性関係なく《転移》はできると思うよ。

Let'sチャレンジ!

「は——っ!?」

「「「「「「っ!」」」」」」

「どうしたの?　ジョアンちゃん?」

「あっ、ごめんなさい。あの、【無】属性はやっぱりジュリー叔母……姉様が言ったように、人によって使える使えないがあって、タイミングはその人が必要に駆られた時だって……」

「うん、うん。やっぱり、研究は間違っていなかったのね」

「で、ジョーは何に驚いたの？」

ノエル兄様が心配そうに聞いてくる。

「えっ……あっ、あの、その前に《転移》って知ってますか？」

「《転移》とは、高位魔術師の中でもごく一部の者ができる空間移動じゃろ？」

質問にお祖父様が答えてくれた。

「高位魔術師のごく一部……。あはは……」

「それがどうしたの？　ジョアンちゃん」

お祖母様が不思議そうに聞く。

「アシストが言うに……属性関係なく、私には使えるかもって……」

「「「「「は――っ⁉」」」」」

「えっ？　どういうこと？　ねぇージョアンちゃん！」

叔母様が興奮し、私の両肩を掴み前後に揺らす。

「あぁ――」

ヤバい……脳味噌が揺れてる……。揺さぶり症候群になるぅ～。赤ちゃんなら、死んでるわよ～。

誰かー助けて――。

「母上ー、ジョアンがヤバい。やめて！」

真っ先に助けてくれたのはヴィーだった。

「大丈夫か？　ジョアン」

ヴィーは、私の背中をさすり水を渡してくれた。

「うぅー。ありがとう、ヴィー」

もう少し続いてたら、吐くところだったわ……。

「ごめんなさい、ジョアンちゃん。つい興奮してしまって」

「大丈夫です。で、なんの話でしたっけ?」

「ジョーが《転移》を使えるって話！　実際、できるの?　どうなの?」

魔術馬鹿なノエル兄様も興奮気味だ。

「いいえ、できないですよ?　だから、アシストから聞いた時に驚いてしまって」

「あーそういうこと。じゃあ、どうやったらできるかアシストに聞いてみたら?　教えてくれるんじゃね?」

やり方を知らないということに納得してくれたが、聞けばいいと提案するジーン兄様。

『教えてくれるんじゃね?』ってジーン兄様は言うけれど、そんなに簡単にわかるのかしら?　ゲームとかなら、レベルアップしたらできるようになるとかだけどねぇ。レベルアップすると、有名RPGみたいに音鳴るのかしら?　チャララ、チャッチャャッラーって。

「じゃあ、一応聞いてみます」

――ヘイ、アシストちゃん。教えてくれる?

――J：私が《転移》できるって言うけど、どうやったら使えるの?

――A：転移場所をイメージして、【テレポート】って言えば使えるよ。

　でも、行ったことのある場所だけだよ。

「どう?　わかった?」

ヴィーは興味津々で聞いてくる。

「うん、行ったことのある場所をイメージして【テレポート】って言うらしいです」

「すっげ――。やってみようぜ！」

ジーン兄様も興奮して言う。

「危なくないのかしら？」

お祖母様は、心配そうに頬に片手を置いて首を傾げている。

「近いところからやったら、どうじゃ？　アラン、客室で待っておれ。ジョアン、客室ならイメージしやすいじゃろ？」

そうお祖父様に言われて、アラン兄様は客室に戻った。アラン兄様が戻ったぐらいのタイミングで叔母様から声がかかる。

「じゃあ、ジョアンちゃん。客室をイメージしてやってみて」

「はい。（客室……アラン兄様……客室……アラン兄様……）【テレポート】」

シュン…。

「「消えた……」」

ノエル兄様、ジーン兄様、ヴィーが同時に呟く。

シュン…ポスッ。

「うわっ！　できた。あれ？　アラン兄様？」

間違いなく客室だった。でも、アラン兄様が見当たらない。

「クックックッ……。ここだよ」

背後から笑い声がする。

「えっ？　うわっ！　ごめんなさい」

後ろを見ると至近距離でアラン兄様が笑っていた。転移した場所は、客室で間違いなかったが、私が現れたのはアラン兄様の膝の上だった。

「ちゃんとできたな。今度は、リビングをイメージしてみたら?」

「うん。（リビング……リビング……）【テレポート】」

シュン…。

「消えた……」

シュン…。

「「うぉわっ!」」

次に私が転移したのは、ノエル兄様、ジーン兄様、ヴィーの側で、私が急に現れたことに三人は驚いている。

「ジョアン、どうじゃった?　客室に行けたかの?」

「はい、行けました」

さすがに、アラン兄様の膝の上とは言えないけれど、転移したことには間違いない。すぐに、アラン兄様も戻ってきた。

「じゃあ、ジョアンちゃん。距離を延ばしてみましょ。私兵団寮をイメージしてみましょうか?」

叔母様が提案する。

「「じゃあ、先に寮に行ってくる!」」

ジーン兄様とヴィーが言いながら、走ってリビングを出る。

「僕も行ってくる」

ノエル兄様も言えば。

「じゃあ俺も」

アラン兄様までも寮に向かう。

しばらくして、叔母様が「そろそろ良いんじゃないかしら」と言うので、私は私兵団寮のことを考える。

「行きます……（私兵団寮……私兵団寮……そういえばマーティンさんたちにもスポーツドリンクのレシピ渡さないと……私兵団寮……）【テレポート】」

シュン…。

「行ったたな……。なぁ、ジュリエッタよ、ジョアンは王宮には行きたくないそうなんじゃ。あの子を尊重してやるんじゃぞ」

「もちろんよ、お父様。【無】属性だから、周りから守らないとって思っていたけど、そうじゃなくて規格外だから守らないといけないわね」

「はぁー、こんな時にスタンリーは何をやってんのかしらねぇ。あの子も、一緒に鍛え直さないといけないかしら」

リンジーは、二日酔いでダウンしているスタンリーに対して呆れていた。


シュン…。

「あっ、できた」

無事に寮の食堂に転移した。

「「「「「っ！」」」」」

「ん？　何？」

どうしたのかと首を傾げる。なんで驚いた顔してるのかしら？　ナットさんとガンさんは、転移を初めて見たからかもしれないけど。お兄様たちはなんで？

「あ、あの、ジョアン……様」

「えっ？」

至近距離で聞こえた声に後ろを振り向くと、耳まで真っ赤になったマーティンさんがいた。しかも、私はマーティンさんの膝の上に座っていた。

「えっ、あっ、ご、ごめんなさい」

急いで下りようとするが、脚が届いていなかったのでバランスを崩して落ちそうになる。……が、後ろからマーティンさんに抱き留められ落ちるのを回避できた。

「ふぅ――。間に合った～」

「マーティンさん、ありがとう。あと、ごめんなさい」

「いや、ジョアン様に怪我がなくて良かった」

「マーティン、マジでありがとう」

ジーン兄様もお礼を言う。

「本当、ジョーを助けてくれてありがとう。……でも、そろそろ離してくれないかな？」

ノエル兄様もお礼を言うが、未だに私を抱きしめているマーティンさんに注意する。あたふたとマーティンさんが下ろしてくれる。

「ジョアン、何をイメージした？　もしかして、イメージしたの寮だけじゃないだろ？」

アラン兄様が聞いてくる。

「えっ？　寮のことだけ……あっ、スポーツドリンクのレシピを渡さないとって考えた」

「それだよ。その時にマーティンのこと考えなかったか？」

「俺のこと？」

マーティンさんがボソッと呟き、顔が赤くなる。

「うん、『マーティンさんたちに』って考えた」

「『マーティンさんたち』か……」

また呟き、今度は肩を落としているマーティンさん。それを横にいたガンさんが、慰めるように肩をぽんぽんと叩いている。

「ってことは、イメージの時に人を考えるとその人のところに転移するってこと？」

ヴィーが聞く。

「たぶん、そういうことだと思う」

「じゃあ、転移する時は気をつけないといけないいな。ね？　ジョー？」

笑顔だけど目が笑っていないノエル兄様に念を押される。

「は、はい。ごめんなさい」


その後、二日酔いから復活したお父様は【アクア】のことと《転移》のことを聞き、また頭が痛くなったようだ。さすがに、不憫《ふびん》に思ったから【ファーストエイド】で痛みをなくしてあげた。そして、これらのことはランペイル家に関係する、使用人、私兵団の全員に誓約書を書かせて緘口令《かんこうれい》が敷かれた。

第二章　ジョアンと商人

《転移》実験を終えて寮から戻ると、エイブさんが玄関ホールで待っていた。

「お嬢、商人が来たがどうする？　来るか？」

「行く、行くー！」

そう答え、三人と別れエイブさんと共に使用人用の食堂へ向かう。食堂には既に商人と思われる男性とアーサーさんがいて談笑をしていた。

「おう、待たせたな。お嬢、こちらが屋敷によく来てくれる商人の――」

アーサーさんと話していた男性は、スッと立ち上がり
「ムラサメ商会のタイキと申しますぅ。どうぞ、よろしゅうに」

うわぁ～久々に関西弁聞いたわ。あれかしら？　ご先祖様が異世界転移か転生かしらね？　いかにもラノべっぽくて、いかにも商人よね。見た目は有名RPGに出てくる商人みたいな、恰幅《かっぷく》がいいヒゲ親父だけど……。

「初めまして、ランペイル家長女、ジョアンです。今日はよろしくお願いします」

ペコリと頭を下げる。

「いや～アーサーはんに、聞いとったけど奥さんによう似て、えらい別嬪《べっぴん》さんやねぇ～。まだ五歳やゆうのに、将来が楽しみやわぁ」

「お嬢、こいつは胡散臭いけど目利きは確かだからな。んで、タイキ、今日は何かあるのか？」

エイブさんがタイキさんに商品について聞いた時、食堂の扉が開いた。入室確認もしないで入っ

てきたのは、二日酔いでダウンしていたはずのお父様とグレイ。普段であれば、当主であるお父様がこんな所には来るはずもなく、エイブさんとアーサーさんが驚いた表情をしたが、それも一瞬だった。


「タイキ久しぶりだな、息災か？」

「へぇ、なんとか毎日気張っとりますわ。旦那さんも、相変わらずおっとこまえやなぁ〜」

「お前も、相変わらずみたいだな」

「へぇ、貧乏暇なしですわ。それにしても、お嬢さんだけやなく旦那はんまで商談に来るやなんて、どんな風の吹き回しですのん？」

「私は、ジョアンの付き添いだと思ってくれて構わない。今回はジョアンが欲しいものがあるというのでな」

「ほぉ〜。ほんで、お嬢さんは何をご要望で？」

「えーっと、これって決めてきたわけではないんですけど調味料が欲しいんです。それも王国にないような」

「調味料……例えばどんなんです？」

「えっと……出汁が取れる海草とかありませんか？」

「あれ？　お嬢はん、出汁なんて知ってはるん？」

「えっ、あっ、はい……。本で読みました……」

　タイキさんには、私の前世の記憶持ちのこと内緒にした方が良いのよねぇ？　でも、今のは隠したのバレバレかしら？

　ちらっとお父様を見ると、私の頭を優しく撫でながら

「大丈夫だよ、ジョアン。タイキは表向きは商人だが、我が家の《影》なんだよ」

「ん？　影って？」

「商人をしながら、色々な所で情報収集をしてくれているんだ」

何それ？　スパイ活動ってこと？　でも、スパイにしてはこんな体型で良いのかしら？　おじさんだし、動きにくいんじゃないのかしら。

「あっ、お嬢はん。なんや失礼なこと考えてはるでしょ？　これは仮の姿でっせ」

「えっ？　仮の姿？」

「旦那さん、ええやろか？」

「あぁ、見せてやってくれ」

「ほな……ほいっと」

タイキが立ち上がりポンとバク宙をすると、着地した時にはイケメンの青年が立っていた。

「「えっ!?」」

アーサーさんも変装を解いたところは初めて見たらしく、私と共に驚いていた。

「お嬢さん、これが本当の姿ですよ。どうです？　格好良すぎて驚きました？」

変装を解いたタイキは、口調も関西弁ではなくなっていた。

「は、はい、ビックリです。すごいキレイなバク宙で、脱いだ服はどこに？」

「へっ？　そこなの驚くとこ？」

「「あっははは――」」

私の純粋な質問に対してのタイキさんの呆れた声に、お父様とエイブさんは大笑いだった。

いや、実際は驚いたのよねぇ。まさかデブヒゲ親父が本当はイケメンなんて。しかも、童顔で母性本能くすぐるような感じなんて。

「で、お嬢さんは出汁のこと、何で知ってんの？」

「ジョアンでいいですよ、タイキさん。あっ、お父様この際ですから言っておきます。私兵団も様付けなしで良いですか？　せっかく仲良くなろうと思って砕けた喋り方になったのに、名前だけ様付けなんて嫌です。ダメですか？」

上目遣いでお父様を見る。目を逸らさずじっと見る。

「うっ、しかし……」

「お願い、お父様。ダメ？」

ダメ押しで、手を合わせて首を傾げる。

「うぅ……わかったよ。許可する。ただし、呼び捨てと愛称はダメだからな」

「はい！　ありがとうございます、お父様」

「旦那、お嬢に甘すぎじゃねーですか？」

エイブさんとグレイは呆れ顔だ。

「ということで、タイキさんもアーサーさんも様付けなしでお願いしますね」

ニコッと笑いながらお願いする。

「じゃあ、ジョアンちゃん。俺のところで諜報活動してみない？　今の仕草とか完璧に男騙して情報得られるよ」

「「タイキ！」」

お父様、グレイ、エイブさんが怒鳴る。

「嘘ですって。でも、興味があったら言ってね」

タイキさんは、私にウインクをしながら言う。

「その時は、連絡しますね。で、出汁はですねぇ、前世の記憶です」

「はい!?　ジョアンちゃん、前世の記憶持ちなの？」

「はい、前世の記憶持ちで【無】属性の五歳児です」

「なるほど、であれば納得だわ」

タイキさんに前世の記憶持ちを納得してもらい、ようやく持ってきた商品を見せてもらう。

「今日は、こちらです。まずは、ジョアンちゃんご希望の東の国の調味料。この黒い液体がセウユ。こっちの茶色のがメソ。で、これがキャッツブシ」

「なんだこれ？　そこら辺にある木だろ？　……ん？　お嬢どうした？　大丈夫か？」

エイブさんはキャッツブシを見て訝しそうに言うが、その横で私は俯き肩を震わせていた。

「だ、大丈夫ですか？　い、医者を呼びますか？」

アーサーさんが心配そうに聞く。

「ふふふっ。あっははは。きた――――――！」

私はキャッツブシを持って立ち上がった。そしてキャッツブシをにぎりしめた拳を突き上げ叫んだ。それを見て五人は驚き、固まっていた。いち早く再起動したお父様が、どうしたのか聞いてきた。私は、恥ずかしくなり謝った。

「ごめんなさい、つい嬉しくて」

「ふぅ～、なんだそういうことか……良かった。何かあったかと思ったよ。で、ジョアンはそのキャッツブシを知っているのかい？」

「はい、これが先程話していたいい出汁が出るんです」

そう満面の笑みで言っても、タイキさん以外は首を傾げている。

「他のはどう？　知ってる？」

「はい、凄い馴染みのあるものです。これがあれば、料理の幅が広がります。タイキさん、本当にありがとう！」

「へぇ～、料理できるんだ。凄いねぇ」

「あっ、じゃあお父様、今日は久々にバーベキューしましょう！　お祖父様たちもいるし、タイキさんもいるし」

「あーそうだな。久々にやるか？　タイキ、今夜はウチに泊まりなさい。使用人寮の空き部屋あったよな？　グレイ」

「はい、ございます」

「じゃあ、決定！　タイキさん、食べてって下さいね！」

「ラッキー！　ありがとう、ジョアンちゃん」

醤油と味噌をゲットしたからちゃんとしたバーベキューのタレが作れるわ。これで、タイキさんの胃袋を摑めば、米を探してきてくれるかしら？

タイキさんの持ってきてくれた商品を一通り見て、リビングでアフタヌーンティータイム。

「えっ？　アラン兄とヴィンス、年明けまで一緒に過ごせるの？」

ノエル兄様が聞く。

「あぁ、そうだ。学院が冬季休みで、ジュリエッタたちも年末は忙しいからな。ここで一緒に過ごしてもらうことにしたんだ」

お父様が答える。

「やったー！　ヴィンス、一緒に遊ぼうぜー！」

ジーン兄様がヴィーと早速遊ぶ約束をする。

「まぁ、ジーン。何か、忘れてないかしら？」

ハイタッチをしながら喜んでいるジーン兄様に、お祖母様が聞く。

「えっ？　宿題ならちゃんとやるよ」

「そんなことは、当たり前ですよ。それではなく、明日から訓練するんでしょう？」

「あ――、忘れてた……」

お祖母様直々の訓練を思い出し、肩を落とす。

「えっ!?　何、訓練って？」

肩を落すジーン兄様とお祖母様を、交互に見てヴィーが聞く。

「明日から午前中に、私が訓練を見ることになったのよ。だから、アランもヴィンスも一緒にやりましょうね」

「えーなんで、そんなことになってんのー」

ヴィーはずっと遊べると思っていたので、不満らしい。

「ヴィンス、お祖母様に訓練してもらえるなんて光栄なことだぞ！」

自主練をするアラン兄様にとっては、嬉しいことだったようだ。なんでもお祖母様との訓練がなければ、私兵団と共に訓練する予定だったと。

「ヴィンス諦めろ」

ジーン兄様がヴィーに小声で言う。

私がお願いしたばっかりに、ヴィーまで訓練することになっちゃったわ。なんか申し訳ない。私兵団のJr.メンバーも訓練のこと聞いて、驚いていたものね。今度、お詫びに何か作ってあげようかな。

アフタヌーンティータイム後、厨房にて早速タイキさんの持ってきてくれた東《あずま》の国の調味料を使ってみる。

「今日は、セウユとメソがあるので、この前とは違うタレを作りまーす」

「おっ、新しいタレか。楽しみだな」

エイブさんも乗り気だ。

「まずは、セウユのタレね。白ワインと砂糖を煮詰めて、薄い琥珀《こはく》色になったら火を止めて、そこにガーニックとションガー、リップルのすりおろしたもの、あとセウユとごま油を入れて混ぜる。これだけだよ」

「意外と簡単なんだな」

「じゃあ、次はメソのタレだね。メソ、砂糖、白ワインを混ぜて火にかけてアルコールを飛ばして、砂糖をちゃんと溶かすの。で、溶けたら最後にセウユとガーニックのみじん切りを入れて完成」

「こっちも簡単っすね。あっ、うまっ！」

ベンさんは指についたタレを舐めていた。

「もぉー師匠、先に味見はダメでしょー」

「いや、偶然だって、偶然」

「まっ、そういうことにしておきます。ともかく完成したから、味見しよう！」

「「「「お――!!」」」」

「ん？」

目の前にはエイブさん、アーサーさん、ベンさんなのに声が後ろからも聞こえた。後ろを振り返ると、ノエル兄様、ジーン兄様、ヴィー、アラン兄様がいた。

「バーベキューするって聞いたから、きっと何か新しいもの味見できるかと思って、来てみた」

ジーン兄様が悪びれることもなく言うと
「俺はジョアンが料理してるって聞いたからついてきた」

ヴィーが言い
「僕は、この二人のお守り」

と、ノエル兄様。アラン兄様はというと
「俺は、この三人の監視」

「ふふふっ。じゃあ、みんなで味見しよう！」

牛肉を焼いて食べる。

「「うっまー！」」

ジーン兄様、ヴィー、ベンさんが声を揃えた。

「うん、前の塩ダレもいいが今回のもうまいな」

エイブさんが言う。

「俺、このメソダレ好きです」

アーサーさんはメソダレ派らしい。

「僕、塩ダレよりこのセウユダレが好きだな」

「ズルいぞ、ノエルとジーンはいつもこんなうまい物食べてんの？　王都にもないぞ、こんなうまいのは」

アラン兄様は、ノエル兄様たちに文句を言いながらも食べ続ける。

「で？　お嬢は何作ってんだ？」

「アニーちゃんのご飯。風邪だからさすがにバーベキューはキツいかな？　と思って。野菜たっぷりのメソ汁」

「「「「「メソ汁？」」」」」

「んーと、メソスープのこと。……よし、完成。えーと、飲んでみる？」

「「「「「飲む！」」」」」

私は試食用に、人数分メソ汁をよそう。

「はい、熱いから気をつけて」

「わぁー野菜の甘さも出てるし、このメソスープ美味しいねぇ。僕好きだなぁ」

ノエル兄様は気に入ってくれたみたいだ。

「ショウガーも入ってるのか？」

「エイブさん、正解！　ショウガーは身体を温める効果があるから」

「へぇ～相変わらずジョアンちゃんは物知りっすねー」

ベンさんも、ちゃん付けで呼んでくれた。良かった、良かった。

「なぁ、なぁジョアン、俺これなら野菜食べられる」

野菜嫌いなヴィーもこれなら大丈夫そうだ。

「呑んだ翌日とか、飲みたくなる感じっすねー」

ベンさんが言う。

わかるわ。呑んだ翌日は、メソ汁飲みたくなるわよねぇ。シジミがあれば、最高なんだけど。後で、タイキさんに聞いてみようかしら？

「なぁージョアン、やっぱりウチに、ロンゲスト家に来ない？　毎日、ジョアンのご飯食べたいんだけど」

アラン兄様が、小声で聞いてくる。

あら？　嫌だ。ちょっと～アラン兄様ってば、プロポーズみたいじゃないの。言う相手が五歳児っては、どうかと思うけどねぇ。

「うふふ、それは婚約者に言ってあげて下さい」

「婚約者いないから」

「えっ!?　アラン兄様もいないの？」

「あー、ノエルたちもいないよな。でも俺の場合は、俺が断ってるんだけどな」

「なんで？」

「政略結婚の意味もわかるけど、生涯共にする自分の相手ぐらい自分で決めたいし。まぁ、父上も母上も何も言わないし。言ってくるのはロンゲスト家と繋がりたいって思ってる外野だけだな」

「へぇ～、大変だねぇ。格好良いから学院でもモテるでしょ？」

「きゃーきゃー騒ぐだけの女は嫌いだ。俺のこと、家柄と容姿でしか見ないからな」

「あー、そういうこと。それは面倒なだけだね。お察しします」

「クックックッ……五歳で、察するのかよ」

アラン兄様は、苦笑しながら私の頭をポンポンする。

貴族って結婚一つでも大変なのね。あれ？　もしかして、私も大きくなったら政略結婚になるのかしら？　家の為とはいえ、現代日本の一般人にすると受け入れ難いことよね。

今日のバーベキューは全天候型の演習場で開くことになった。演習場なら冬の季でも暖かい中でできるから。新作のセウユダレもメソダレも大好評だった。叔母様と叔父様に至っては、今度ロンゲスト家の料理人に講習会を開いてほしいとお願いされるぐらいだった。

「ジョアンちゃん、このタレ美味しいよ！」

ガンさんが私に話しかけると

「ジョ、ジョアンちゃん、冬季休みだからまた料理教えてくれる？」

マーティンさんも、ちゃん付け呼びに緊張して口ごもりながらも話しかける。

「ふふっ、ガンさん、ありがと。マーティンさん、また教えますね。あっ、あと皆さん明日から一緒に訓練お願いします」

様付けから、ちゃん付けに変わってみんな呼びづらいのかしら。あらら、赤くなって……。

なんとも初々しいねぇ。

「もちろん。でも、本当に一緒にできるの？」

オーキさんは心配そうだ。

「そうだよ。しかも大奥様が教えてくれるんだろ？　先輩たちが言うに、なかなかハードらしいぞ」

ナットさんが小声で話す。

「でも、私強くなりたいから。頑張る」

「……強くならなくても、俺が守るのに」

マーティンさんがボソッと呟いたところに、ジーン兄様がやってきて

「えー、何？　マーティンってば、アタシを守ってくれるのぉ～。嬉しぃ～」

と言って、マーティンさんに抱きつく。

「おまっ、離れろって！　やめろ、気持ち悪い！」

マーティンさんが逃げようとするが、ジーン兄様がなかなか離さない。それを見て、私と周りは大爆笑した。そのまま二人がふざけ合ってると、バランスを崩してベンチにしていた丸太から抱き合ったまま倒れた。びっくりした二人は目を合わせてしばらく呆然とするが、どちらからともなく笑い出し、最後には腹を抱えて笑っていた。

ジョアンや私兵団から離れたところでは、アランドルフとノエルが、周りを見ながら二人で話していた。

「使用人、私兵団関係なくみんなで火を囲んでご飯食べて、酒呑んで……なんか良いな」

目を細めて周囲を見、アランドルフが言う。

「今まではこんなことなかったよ。ジョーだって、前はあんなに笑う子じゃなかった。いつも我儘《わがまま》で自分が気に食わなかったら怒るし暴れるし……。そんなジョーが【無】属性の判定された時は、ちょっとだけ心の中でざまぁみろって思ってたんだ。あっ、今は違うよ。可愛くて料理上手で、目も元に戻してもらったし大好きだよ。誰にも渡したくないぐらいにね。こうやって今みんなで楽しく笑ったりしてるのは、ジョーが……前世の記憶を思い出したジョーが変えたんだ。このバーベキューだって、使用人も私兵団もランペイル家にいるなら、みんな家族だから親睦を図る為にって。使用人には孤児院から来た子もいて、泣いて喜んでいたよ」

「前世か……。どんな人間だったんだろうな」

「あーなんか、家庭も持ってて仕事をやってた女性だったたって聞いたよ」

「だからか、なんか五歳児っぽくないのは」

そう言うと、アランドルフはジョアンが楽しく私兵団のメンバーと笑い合ってるのを眺める。それにつられるように、ノエルもまたジョアンを見る。


一方、その頃大人組は……

「ん～このセウユのタレ美味しいー！　ネーギ塩リモンはさっぱりしてるし、食べすぎちゃいそう」

ジュリエッタはタレの美味しさで箸が止まらなかった。

「ガーニックの入ったメソだっけ？　これも良いよ。コレで肉を食べて……くぅーっ。エールがうまい！」

ギルバートは初めてのメソダレにハマったようだ。

「お前たちは、明日も仕事だろ？　いつもは昼には帰るじゃないか。なのに、今日は……。あっ、泊まって明日そのまま仕事行く気か？」

スタンリーは呆れながらジュリエッタに言う。

「たまには良いじゃないのー。お父様やお母様ともっとお話ししたかったんだものー」モグ、モグ…。

「私も義父上と義兄さんと話し足りなくて」モグ、モグ…。

「お前たち、ただ単に、ジョアンの飯が食べたいだけじゃろ？」

ウィルも言う。

「そんな……モグ…こと、ないですよ。子供たちとも……モグ…まだ、一緒にいたかったですし」モグ、モグ…。

「うん、うん」モグ、モグ、モグ…。

「あなたたち、説得力がないわ……。はぁー。ごめんなさいね、マーガレット。あなたは悪阻が酷いのに」

リンジーが微笑みながらその様子を見ているマーガレットを気遣う。

「ありがとうございます、お義母様。それがジョアンの白湯を飲んでから落ち着いたんですよ。バーベキューも食べられないといけないからって作ってくれた、野菜たっぷりのメソスープもちゃんと食べられてますし。だから、大丈夫ですよ」

「だからといって、無理しないようにね。まぁ、でもジョアンがいてくれるから安心ね。話を聞いた時は、本当に驚いたけれど。【無】属性で前世の記憶持ち。それだけじゃなく、スキルも規格外なんて。しかも守られるだけじゃ嫌だから、訓練をつけてくれなんて。去年までは、我儘な甘えん坊だったのに、いきなり大人になったみたいで、ちょっと寂しいけどね。だって、悪阻の辛さをわかってくれる五歳児なんていないわよ。普通」

「そうですね。でも、あれでも時たま子供っぽいところあるんですよ。相変わらずイタズラ好きだし。この前なんて、筋肉痛で動けないベンをずっとニヤニヤしながら指でつついてたって聞きましたわ」

「「「あぁ――」」」

「前世の記憶を取り戻しても、ジョアンはジョアンじゃよ。変わりゃあせんよ」

ウィルはそう言い、ジョアンがいる方を見る。それにつられて大人たちはジョアンを見る。

「「うっわ、冷て――！」」

そこにはジーン、ヴィンス、ジョアンが酔い潰れていたウーサ、マツ、ダイの首元に氷を入れて遊んでいた。それを、周りのメンバーは笑いながら見ていた。

「こら、待て――！」

ウーサたちが追いかけると……。

「「うわっはははは。逃げろ――！」」

と、ジーン、ヴィンスが走り出し
「きゃははははは。いや――」

と、ジョアンが笑いながら走る。しかも走りにくいからとワンピースの裾を膝上まで上げて。

「あっ、こらジョー、スカートを下ろしなさーい！」

それをノエルが追いかけている。

「「「「…………」」」」

「あれの、どこが大人なんじゃ？」

そうウィルが言えば
「武力よりもまず令嬢としての礼儀作法かしら？」

リンジーが呟き、ジュリエッタとマーガレットが頷く。


シュン…。

「「「「っ！」」」」

逃げ回っているジョアンが転移をし、目の前に現れた。

「ふぅーここなら、追いかけられない」

ジョアンが言うと

「こら、ジョアン、ズルをしちゃいけません！」

リンジーが怒る。

「母上、怒るところそこじゃありません。……ジョアン、無闇に転移しない約束だろ？」

スタンリーはリンジーの言い分に呆れ、ジョアンに言い聞かせる。

「でも～便利だし……」

「でもじゃない！」

「はーい、ごめんなさい」

不貞腐れたように言うジョアンを見て、みんな苦笑した。


イタズラ好きで、できることなら楽をしたい、おばあちゃん。前世では、よくゲームでムキになり容赦なく孫を泣かせ、家族から大人げないと言われていた。だから、元からの性格のおかげか身体が五歳児でも年相応に見られていた。


翌朝、いつも通り六刻前起床。自室を出て、これまたいつも通り厨房へ向かう。

叔母様と叔父様にお弁当を作ろうかしら。朝食を食べずに七刻には出るって言ってたから、時間はあるわ。ご飯がないから、サンドウィッチかしらね？　卵サンド、ＢＬＴサンド……あっ、この前作ったリップルジャムにシナモン入れるのも良いわね。

そう考えながら歩いていると、外を歩くアラン兄様が見えた。今日は、昨日の夜半から雪が降り続いていて、いつもより一段と寒い。天気とか関係なく朝練するなんて、ストイックだわ。サンドウィッチを作ったら、スポーツドリンクでも持っていってあげよう。

ガチャ。

「おはよー」

「おう、お嬢。相変わらず早いな」

「ジョ、ジョアンさ……ちゃん。おはようございます。ご迷惑おかけしました」

「あっ、アニーちゃん。大丈夫？　風邪の具合はどう？　無理してない？」

「はい、もう大丈夫です。お医者様のことも、スポーツドリンクのことも、メソスープもありがとうございます。おかげで元気になりました」

「良かった～。これからは寝たら治るって思ったらダメだよ。ちゃんと誰かに頼ってね」

「うぅ～ありがどうございまずぅ～」

「あーもー、泣かないで。ね？」

ようやくアニーちゃんが泣きやみ、サンドウィッチの件を話した。

「それは、ジュリエッタ様たち喜ぶだろうな」

「朝食もサンドウィッチにしたら、良いかなぁ～って思って。どうかな？」

「おー良いんじゃないか？　パンもスープもうできてるから、あとは具材を作るだけだな。で、BLTってのはなんだ？」

「ベーコン、レタシ、トメットを挟んだやつだよ。パンにマヨネーズを塗っておけば、パンが野菜の水分でぐちゃぐちゃにならないよ」

「じゃあ、私、卵サンド作ります。茹で卵にマヨネーズですよね？」

「うん、お願いね。じゃあ、エイブさんはBLTで、私がリップルシナモンだね。あっ、タイキさんも、今日発《た》つんだったっけ？」

「あぁー、アイツも忙しいからな。七刻前には出るみたいなこと言ってたぞ。ん？　あいつの分も作るのか？」

「うん、賄賂的な？　探してほしいものあるから」

「ん？　何が欲しいんだ？」

「お米。前世では毎日食べてたんだよ」

「それは、うまいのか？」

「うまい！」

「あはは。じゃあ急いで作らないとな。アニー、鍋を火にかけたら念の為タイキに待ってるように言ってこい」

「はい、わかりました。……よし、行ってきます」

しばらくすると、アニーちゃんがタイキさんと共に戻ってきた。タイキさんは既に最初に見た恰幅の良い商人の姿だった。

「エイブはん、ジョアンちゃん、おはようさん。なんや用あるって聞ぃたんやけど？　こっちの準備終わったから来させてもろたわ。ほんで、なんやの？」

「タイキさん、おはよう。朝食取らずに出発するって聞いたから。今、お弁当にサンドウィッチ作ってるからもうちょっと待ってて」

「えっ⁉　弁当？　俺に？　ええの？」

「うん、もちろん。タイキさんのおかげで、セウユもメソも、出汁まで手に入ったし。それに、探してほしいものがあって、賄賂かな？」

「お嬢、相手に賄賂って言っちゃうんだな……」

エイブさんが呆れているけど、気にしない。

「あははは。賄賂なんかーい。まぁ、ええわ。探しといたるわ。ほんで、何欲しいんや？」

「お米が欲しいの。できたら短粒米が。あっ、ところで私の作ったメソ汁飲む？　野菜とションガーたっぷりだから、身体温まるよ？」

「おっ、ええの？　飲む飲むー。メソ汁がここで飲めるなんてダメ元で持ってきて良かったわー」

ストレージからメソ汁を入れたスープボウルを出してタイキさんに渡す。

「熱いから気をつけてね」

「えっ？　ジョアンちゃんのストレージ、Sなん？」

「うん、Sだよ。Sの詳細、知ってるんだね」

「まぁ～、色々と情報は知っとるからな。ほな、いただきますぅ。…モグ…うんまー。ションガーってメソ汁に合うんやなぁ。知らんかったわ」

「ねぇータイキさんって前世の記憶持ちの子孫とか？」

「っ！　なんで知っとるん？　俺、旦那さんにも誰にも言うとらんで？」

「あー、えーと、食事前の所作で。《いただきます》の挨拶」

「あーそうやな。今、言うとったわ。それでわかったん？　じゃあ、もしかしてジョアンちゃんも？」

「うん。だから、もしかしたらご先祖さまと同郷かもしれない。その口調も懐かしいしね」

「ジョアンちゃんも、この喋り方できるん？」

「元の世界では、その話し方は方言だったの。私の前世の親がその方言だから、知ってるの。……

できるけど、そないに上手やあれへん。久しぶりに話すさかい。……おかしない？」

「うわぁ～ジョアンちゃん、やっぱ俺のところにけぇへん？　間違いなく、諜報活動できるで」

「んー、まだ五歳やし。大きぃなったら考えるわ。ほんでもええ？」

「ほなら、俺の奥さんでもええで？」

「あはは、タイキさんの年がいくつか知らんけど、年齢差があるやろー」

「ジョアンちゃんなら年は気にしぃひん。大人なるまで待てるで」

「アホなことを言うとるとしばくで？」


「お嬢……外国語話してるみたいだな」

「はい……。でも、タイキさんの言葉使うジョアンちゃんも可愛いですねぇ」

「まーな。でもスゴいのは、あんなに話しながらも一切手が止まらないってことだな」

「確かに……」

話しながらもサンドウィッチを完成させ、タイキさんに渡す。


「じゃあ、お米お願いしますね」

「はいよ。次、来るまで探しとくわ」

「切にお願いしますね。あっ、あとコレ。……はい、飴《あめ》ちゃん。疲れた時でも食べて」

ストレージから、ヴィーたちの為に作ってあったべっこう飴を渡す。

「あはは、おかんみたいやな。ほな、またね」

そう言って、タイキさんは屋敷を出ていった。

享年82歳の異世界転生!?～ハズレ属性でも気にしない、スキルだけで無双します～／了

番外編 風邪をひいたアニー

　私はアニー。ランペイル辺境伯家の料理人。元々はランペイル領の孤児院にいたけど、六歳になった頃に孤児院に来訪された奥様からお声掛けいただいてこちらに来ることになった。最初は同時期に辺境伯家に来た侍女見習いのサラと共に翌年お生まれになるお子様の侍女兼遊び相手の予定だった。でも侍女見習い中に何度か人手の足りなかった厨房へ手伝いに行っている間に、手際の良さを褒めてくれた料理長に料理人見習いにならないかと誘われた。孤児院にいた時から、よく食事作りの手伝いをしていたのもあって私の夢は料理人になることだったから、誘われた時は本当に嬉しかった。しばらくたった頃、気になって料理長に聞いてみた。

「料理長、どうして私を料理人見習いに誘ってくれたんですか？」

「あー、お前は手際が良いのもあったが楽しそうに料理を手伝っていただろ？　それに以前、俺が料理が好きかって聞いたら『人が美味しそうに食べてるのを見るのが好きだ』って言ったからだ。まぁ、俺と同じだからだな」

　確かにそんなことを答えた気がする。孤児院にいた時に、自分よりも小さい子たちが美味しい美味しいと言って食べてくれるのを見るのが大好きだったから。もちろん辺境伯家とは違って、そんなに良いものを出したわけじゃないのに、それでも美味しそうに食べてくれるとなんだか心が温かくなる感じだったから。

一〇歳になるとサラと共に王立学院に通うことになった。辺境伯家では一〇歳から一八歳までは王立学院に通うことが義務付けされていて、入学までにサラと共に先輩侍女から文字の書き方や簡単な計算を教えてもらった。学費は辺境伯家が出してくれるそうで孤児の私としては驚いた。王立学院では一般常識だけではなく、レベルの高い侍従としての教育を受けることができるらしい。もし私があのまま孤児院にいたら、教会のシスターや神官様が授業をしてくれる学校に行くことになっていたので、本当に辺境伯家の皆様には感謝している。王立学院に通うと同時に、冒険者ギルドにも登録した。こちらも辺境伯家では義務付けされていて、一〇歳になるまで毎日鍛錬を続けた。指導は先輩たちだけではなく私兵団の方にも見てもらえて、最初は辛いこともあったけど、今では朝晩の鍛錬をしないと調子が狂う気がする。それを副料理長のアーサーさんに話したら「それでこそランペイル辺境伯家の使用人だ」と言われた。なんか嬉しい。

ランペイル辺境伯家には、三人のお子様がいらっしゃる。長男のノエル様は私の一つ上で、とても勉強熱心な方。学院では、家柄と格好良さそして文武両道が揃っていて、とても人気があるのですが今のところ魔術や本以外には興味がないみたい。次男のジーン様は、私の一つ下でとてもやんちゃ……いえ、活発な方。一緒に鍛錬することもあるけど、到底敵わない。私兵団の若手の方にも負けず、ギルドランクもあっという間に追い越されてしまった。そして長女のジョアン様は、栗色の髪、長い睫毛に水色の瞳でとても可愛らしいお嬢様。でも三歳ぐらいからイヤイヤ期というのか、食事の好き嫌いからはじまりわがままが日に日に酷くなった。ノエル様やジーン様が旦那様や奥様と話しているところに、ジョアン様が割り込むことも多々あり優先されないと癇癪を起こすことも増えていた。でも五歳の洗礼式で【無】属性と判定されてから、今までのことが嘘のようにジョアン様は変わってしまった。今まではやってもらって当たり前という貴族的な考えだったジョアン様が、使用人に対して言葉に出して感謝や謝罪をしてきた。それだけではなく、食事の好き嫌いがなくなり、さらに自ら厨房で料理をし始めたから驚いた。私たち料理人でさえも知らない知識を駆使して作られた料理は、本当に美味しかった。でも一番近くでジョアン様に接していたサラは困惑して、使用人寮で同室の私によく相談をしてきた。数日後、旦那様から全使用人に最近のジョアン様について説明された。

「皆、遅くまでご苦労。洗礼式後のジョアンについて皆に周知してもらいたいことがある。先程、ジョアンから聞いたのだがジョアンは……『前世の記憶持ち』だということがわかった」

「「「「「「「「「「っ!!」」」」」」」」」」

「皆も多少は『前世の記憶持ち』について知っているかとは思うが、本人希望で王宮には保護してもらわずこのまま我が家で生活することになった。そして洗礼式で【無】属性と判定されたが、スキルが人一倍多い。しかも稀である〝S〟が二つもある」

誰かが思わずボソッと呟くほど、スキルの〝S〟が発現するのは本当に珍しいらしい。さすがに普段はどんな時も動揺しない先輩使用人たちがザワザワとしていた。私も隣のサラと顔を見合わせていた。その状況を見た家令のグレイさんがパンパンッと手を叩いたことで再び静かになった。

「皆が驚くのもわかる。今までジョアンが皆に迷惑をかけたことで、腹に据えかねる者もいるだろう。

だが我が家はどのような手段を使ってでもジョアンを守ることにした。もし納得が出来ないような者がいたら離職希望を出しても構わない。速やかにグレイかナンシーに申し出てほしい。そして最後に、ジョアンは前世の知識で辺境伯家の食事改善を望んでいるそうだ。……エイブ、頼んだぞ」

「ったく、丸投げっすか？　旦那」

ガシガシと頭を掻きながら文句を言う料理長だったけど、どこか嬉しそうな感じがしたのは私だけかな？　その後、離職する人はなく全使用人がジョアン様に対しての守秘義務を神殿契約で結んだ。翌日から、ジョアン様が厨房に通うようになると色々な料理やお菓子を作るようになった。本当にジョアン様の知識は勉強になることが多く、書き留めているメモ帳は毎日手放すことができない。一番の驚きは、あのふわっふわなパン。今まで食べていた硬いパンが石だと思うぐらいの柔らかさだった。料理長は「お嬢のお陰で勉強になることが多いが、俺たちも料理人として負けてられねぇーな」とみんなといる時によく話していたっけ。

ジョアン様が厨房に来るようになってしばらくした時、辺境伯家の皆様と使用人、私兵団全員が揃って親睦会としてバーベキューというものをした。その時、ジョアン様が言ってくれた「みんなランペイル家の家族だもん」という言葉が本当に嬉しかった。孤児だった私に、家族ができた。

なんで昔の事を夢で見たんだろう？　きっと私が風邪で弱っているからかな……。

朝からガンガンと頭が痛いわ寒気がするわ、さらに歩こうとするとフラフラする。今日から大旦那様たちが滞在されるので人手が足りないはず。フラフラしながらも頑張って厨房まで行ったら、私を見た料理長から「あー無理だな。寝とけ」と言われた。また頑張って部屋に戻ってベッドに倒れ込んだ。どのくらい寝ていたのか、目を覚ましボーッとしていると誰かがやってきた。

トントントン。

「アニー、サラよ。入るわね。……あぁ、やっぱりジョアン様の言った通りね。今、お医者様がいらっしゃるから」

「……えっ？　私のために？」

「当たり前でしょ。どうして具合が悪いなら言わないのよ。ジョアン様も心配していたわ。とりあえず、これを飲んで」

未だフラフラするのでサラに起きるのを手伝ってもらって、飲んだ飲み物は以前ジョアン様が作った特製スポーツドリンク。熱で汗をかいていたからか、冷たいスポドリ――ジョアン様がそう言ってた――が喉に染み渡り、生き返ったような気分になる。それになぜか先程までの熱や寒気、ダルさがなくなった気がする。その後、お医者様に診断してもらい、熱が下がってはいるが今日は安静にということだった。言われた通りベッドに横になるも、全く眠くはない。でも安静にと言われたから、部屋から出るのも憚られて学院の図書館から借りていた本を読んで過ごした。

辺りが暗くなって部屋に灯りを灯す頃、サラが食事を運んで来てくれた。今夜は大旦那様たちを囲んでのバーベキューだそうだ。参加したかったなぁと思っていると、食事の準備を終えたのにサラが出て行かないことに気づいた。

「さ、私たちも食べよう」

「えっ？　サラはバーベキュー参加じゃないの？」

「ジョアン様がね、病気の時は心寂しいから誰か側にいてあげないとって。ふふふ、これでもジョアン様が来ようとしたのをみんなで止めたのよ」

「ジョアン様が……」

「ほらほら温かいうちに食べよう。このスープはメソ汁って言ってタイキさんが持って来た東の国の調味料を使ってアニーの為に作ったんだって」

「私の為に……美味しい。すごく……温まる」

この時、身体と一緒に心も温まったのを私はずっと忘れないと思う。野菜たっぷりションガー入りのメソ汁の味と共に。

享年82歳の異世界転生!?

～ハズレ属性でも気にしない、スキルだけで無双します～

MAG Garden NOVELS

享年82歳の異世界転生!?
～ハズレ属性でも気にしない、スキルだけで無双します～

発行日　2024年9月25日 初版発行

著者 ラクシュミー　イラスト Laruha

発行人　保坂嘉弘
発行所　株式会社マッグガーデン
〒102-8019 東京都千代田区五番町6-2
ホーマットホライゾンビル5F
編集 TEL：03-3515-3872　FAX：03-3262-5557
営業 TEL：03-3515-3871　FAX：03-3262-3436
印刷所　株式会社広済堂ネクスト
担当編集　須田房子（シュガーフォックス）
装　幀　早坂英莉＋ベイブリッジ・スタジオ、矢部政人

本書は、「小説家になろう」（https://syosetu.com/）作品に、加筆と修正を入れて書籍化したものです。

ISBN978-4-8000-1492-4 C0093　Printed in Japan

著者へのファンレター・感想等は〒102-8019（株）マッグガーデン気付
「ラクシュミー先生」係、「Laruha先生」係までお送りください。